ザフラーン・アルカースィミー
Zahran Alqasmi

山本薫　マイサラ・アフィーフィー 訳

水脈を聴く男

書肆侃侃房

アッザ・ザーイドへ捧げる

Japanese translation was supported by the Ministry of Culture, Sports and Youth - Oman
本書は、オマーン国文化・スポーツ・若者省から支援を受けて出版された。

装丁　成原亜美（成原デザイン事務所）
装画　加藤崇亮

水脈を聴く男

第一章

「溺死者だ。溺死者だ」

ミスファー村の触《ふ》れ役が、一軒一軒のドアをノックしながら村人たちに叫んだ。

「溺死者だ。溺死者だ。ハタム井戸で溺死者が出た」

村の女たちは触れ役の声を聞くなり、家の中や中庭に自分たちの子どもの姿を捜した。近くに十歳の息子が見つからない女が横丁のど真ん中で泣き喚《わめ》き、自分の子が近所の子に誘われて早朝から出かけ、いまだに帰ってこない別の女は、二軒をつなぐ横丁でその子の母親と言い争いをはじめた。老婆が立ち上がり、自分の杖に体を預けながら触れ役の後を追った。寝転がっていた背の低い若者も起き上がり、自宅から飛び出して井戸に辿り着くまで走り続けた。村の端から叫び声や怒鳴り声、別の横丁から犬の遠吠え、ナツメヤシの農園では鶏の鳴き声、涸《か》れ川［ワジまたはワーディ。乾燥地帯に見られる水が流れていない川や河谷］の底ではロバの鳴き声が上がった。

若者らが触れ役を手伝い、村の遠い家々に知らせに行く。大太鼓の音がこだまとなって山々に響き渡る。西からの熱風が唸りながら人々の顔を打ち、木々の枝を吹き飛ばす。様々な音が入り混じり、村の静かな昼下がりは一転して騒乱状態に陥った。

まどろんでいた横丁は、井戸に向かって急ぐ村人の足で賑わった。村に激震を与えた触れ役は、井戸の隣に住むハムダーン・ビン・アーシュールという男だった。ハミード・ブー・オユーン翁《おう》が彼の家のドアをノックし、「村の人々に触れ回ってくれ。井戸に溺死者が出た」と伝えたのだ。

ハムダーンはその日、隣村から遅く帰ってきたために、普段より遅めの昼食をとっていた。この地域で一番出来のよいスイカの種を、隣村に住む男だけが持っていると聞き、早朝から探しに行っていたのだ。ハムダーンは種の隠し場所を見つけるまでその男の家でねばっていた。自宅に帰ったハムダーンが昼食を広げて食べはじめた途端、ドアをノックしながら自分の名前を呼ぶハミード・ブー・オユーン翁の声が聞こえてきた。家を出て見ると老人は、今から言おうとする言葉が自分の命を危険に晒すかのように、全身を震わせていた。

触れ役という務めを任されるのが生まれて初めてだったハムダーンは、最初は動揺したが、すぐに裸足で頭に何も被らず、シャツに腰巻き《イザール》だけの姿で家を出た。そして家々のドアを叩き、「溺死者だ。溺死者が出た」と低くて太い声で叫びながら横丁を歩き回った。

ハミード翁は、正確で鋭い視力を持ち合わせているという理由で、村人からブー・オユーンというあだ名をつけられた。つまり目のいい人という意味だ。それは彼が若い時分のことだったが、八十歳になった今でも正確で鋭い視力を保っている。遠くて他人には見えないものが彼には見えるし、かなり遠くからでも近づいてくる人を判別でき、周囲の山々や荒れ地をさまよう村の家畜を遠くから見分けられて、その持ち主までも分かるのだった。

あの日の昼下がりに帰宅の途上にはないハタム井戸を通りかかったのは、不思議な偶然だった。さらに不思議なのは、誰かにそうしろと言われたかのように、井戸の底を覗き込んだことだ。暗い水面の下に人影を発見し、目を閉じそうになるほど眉間を寄せ、事実が判明するまでじっとその姿勢で水を見つめた。

そこに浮いている死体が見えた。人が溺死している。自分の目をよく擦《こす》ってから再び見開き、凝視した。見たものを確信した後も、井戸の深さと暗さのせいで、溺死した人の身元までは分からなかった。

夏の燃えるように暑い昼下がり、その時刻の西風と涸れ川の乾燥は、その場所を耐えがたいものにしていた。村人が涼を得るために地面に水を撒き、木陰でくつろぐ静謐な時間帯にもかかわらず、皆の心には恐怖が広がり、触れ役が明かさなかった溺死者の身元を知りたいという好奇心が湧いて、日陰の涼しい場所を離れて井戸に向かって駆け出した。

現場を喧騒が満たし、人々が井戸を取り囲んで溺死者について尋ねている。溺死者は誰だ？　何があった？　なぜ井戸に入るところを目撃されなかった？　井戸の中に何を探していた？　この村の人か、それともよそ者か？　発見者は誰だ？　この深い井戸でどうやって見つけたのか？　自ら転落したのか、あるいは誰かに押されたか？　集まった人たちの口から出たたくさんの疑問が飛び交い、誰もが何が起きたのか知りたがっていた。

一人が走ってきて暗い陰と水の奥に目を凝らし、容貌も性別もはっきりしない人影を水底に認める。そしてまた別の人が同じことを繰り返す。こんな風にして人垣ができた。

ある女がベールで口元を隠しながら言った。

「布切れみたいだ」

二十歳の若者が言った。

「溺死者なんて見えないぜ」

年寄りが頭を振りながらその若者に言い返した。

「お前の外に溺死者はいないよ」

すると若者は恥じ入って俯き、黙った。

この深い井戸に降りるためには、経験豊富な人物が必要だ。足が滑ったら命取りになってしまう。特に井戸の底は岩でできていてゴツゴツしている。だから触れ役の二つ目の任務は、井戸の底に降りる志願者を連れてくることだった。

最初に触れ役の叫びを聞いた一人だったサイフ・ビン・ハンムードは、自宅からすぐさま駆けつけてきた。サイフは渋面で長身、筋肉隆々たる男だった。村人の間では、いかなる難問に対しても挫けることなく、その解決策を必ず見つけると評判の男だ。井戸に降りて溺死者を引き上げてくれと頼む必要はなかった。自然に皆の視線が彼に集まったからだ。

ところが、綱《つな》からぶら下がり、井戸の水の中に潜ったサイフ・ビン・ハンムードは、怒っているように見開かれた溺死者の目を見て恐怖に震え、井戸の水が口に入って溺れそうになった。彼は綱を強く引いて井戸から早く出してくれと叫んだ。井戸の縁に辿り着くと体を震わせてうわごとを言った。

「溺死者は見えている。溺死者は見えている。俺を食った。溺死者の目が俺を食った」

そして自分の家に逃げ込んで戸締まりをし、重い毛織りのマントにくるまった。

アリーク翁はワアリーと皆に呼ばれている男以外、誰も井戸の底に降りることはできないと悟り、「ワアリーを呼べ！」と言った。

ワアリーことサラーム・ワッド・アーモールは何にも怯えない勇敢な心を持ち、今まで自分が決めたこと、あるいは他人に頼まれたことを放り出したことはなかった。高くそびえるナツメヤシの木や険しい山々をよじ登ったり、深い地下水路の源や底が奥深い古井戸に降り立ったり、同伴者もなくたった一人で山の中で幾夜も過ごしたりして、ほとんど人と交わらなかった。

ある男が彼に知らせにいくと自ら名乗り出て、人々や横丁から遠く離れた自身の農園で、彼がいつも昼寝している場所に走っていった。小さな赤いクッションに頭を置き、両目を閉じて眠りを味わいはじめたその時、男が農園の境界に到着して「ワアリーよ！」と力の限り大きな声で叫んだので、彼は何事かと起き上がった。この昼下がりの時間帯に誰かが自分の農園の境界に近づいたり、こんな風に名前を叫んだりするのは初めてだった。

彼は真っ赤な目に乱れた毛髪、濃いひげという姿で歩み出た。その姿こそが彼に異様な印象を与え、村人が彼を畏怖する原因になっているものだった。

男が彼に何が起きたか告げると、履物を取りに家に戻ることもなく、裸足のまま走って、井戸に到着するまで止まらなかった。

到着した彼は井戸の縁に片足を乗せ、もう片方の足を反対側の縁に置いた。股を開いて両手で縁を摑み、水面の近くまで降りはじめた。そして上からぶら下がっている綱を手に取り、大きな息を吸ってから水の底に潜って姿を消した。

姿を消したまま長い時間が経過し、井戸を囲んで待っている人たちの心配は募る一方だったが、彼は引き上げる際に落ちないよう、溺死者の体の周りに綱を巻きつけていた。

遺体の見開いた目を見た彼は、祈りの文句を念じながら手を伸ばして瞼を閉ざし、それから引き上げ作業を開始した。井戸の中から外にいる人たちに、遺体を引っ張り上げるようにと大きな声で伝え、遺体が井戸から完全に出たことを確認するまでその場に留まってから、誰の助けも借りず井戸の岩壁をよじ登った。

遺体が引き上げられ、井戸の外に安置された。身元が分かり、嘆き声が上がった。それはマリアム・ビント・ハマド・ワッド・ガーネムの遺体だった。遺体の周りに女たちの輪ができて一部は無言で泣き、一部は喚いた。

「マリアムが亡くなった！」

居合わせた夫のアブダッラー・ビン・グマイエルが近づき、信じられないというような目で妻を眺めていた。井戸周辺に近づくことさえ怖がる妻が、この深い井戸に近づき、中に落ちて溺れたのはなぜだろう？　しかし彼女は彼の前の地面に横たわり、目を閉じて体から水を滴らせている。頭からスカーフが外れ、紐のように首の周りに巻きついていた。

慣例どおりできるだけ素早く村の墓地に埋葬するため、湯灌《ゆかん》と死装束《しにしょうぞく》を着せる作業が始まった。女性たちがマリアムに死装束を着せている時、彼女の母方のおばであるアーイシャ・ビント・マブルークが突然叫んだ。

「お腹に生命が宿っている。お腹に生命が宿っている」

一人の女性が遺体のお腹をさすると、手の下に胎児の動きを感じ取り、動揺して震えながら立ち上がった。

重苦しい沈黙が居合わせた人たちの顔に広がった。何をすべきか？　遺体の腹を裂いて胎児を救い出すか？　あるいはそのまま一緒に埋葬するべきか？

皆の意見が食い違い、村人の間に困惑と喧噪が広まった。誰もがその意見を聞き入れる学識者のハーミド・ビン・アリー長老が、集いの一番端の座席から飛び上がり、「遺体のお腹にいるものは一緒に埋葬すべきだ」と言い張った。ハミード・ブー・オユーン翁がナツメヤシの木にもたれながら独り言のように喋ったが、その言葉がハーミド長老を意図していることは明らかだった。

「どうしてお前に人の命を決める権利があるのかい？」

ハーミド長老がそれを聞いて、怒りながら言った。

「イスラーム法がそう言っているのだ」

ブー・オユーン翁が杖で両足の間の泥の地面を突き、言った。

「お前はその判断を来世の裁きの日まで首にぶら下げて追われるがいいさ」

ハーミド長老はブー・オユーンの言葉に激怒し、鋭さを増した声で怒鳴りつけた。

「お前こそ、なぜ知らないことに口を挟むのだ？」

そこでブー・オユーン翁は座っていた席から立ち上がり、ハーミド長老を皆が取り囲んでいるところに向かうと、安置されている遺体を杖で指しながら言った。

「しかしこれは命だ。生きている人間を土に埋めて死を宣告して、それでもイスラーム法だと言い張るのか？」

この争いが行われている最中、皆が気づかないうちに、カーゼヤ・ビント・ガーネムが集まった人たちの一人のベルトからナイフを引き抜き、溺死者の服をたくし上げて腹を裂き、自分の手を入れて子宮から赤ん坊を取り出した。へその緒を切り、熟練の産婆がするように赤ん坊を高く持ち上げると、皆にその泣き声が聞こえた。

人々が赤ん坊の泣き声に気づき、驚きながら声の出どころを振り向くと、カーゼヤは彼らに向かって微笑んだ。不幸の只中で彼女は微笑み、目に涙を溜めて言った。

「なんて美しい。預言者モハンマドに祝福と平安を。神は死者から生者をもたらし給う」

＊＊＊

この村ではマリアム・ビント・ハマド・ワッド・ガーネムの名前を呼ぶ時、いつもフルネームで呼ぶ習慣があった。マリアムだけでは駄目だし、マリアム・ビント・ハマドでも駄目だ。フルネームを全部言わなければならない。その理由はいくつかあるが、一番大事なのは、このミスファーという村にマリアムという名前を持つ女性が多数いることだった。マリアム・イブラヒーム、マリアム・グローラ、マリアム・サーイガ、マリアム・ハリーサ・マリーサなど、他にもたくさんいる。そのなかでもマリアム・ビント・ハマドは大勢いる。だから「マリアム・ビント・ハマド」とだけ言う人がいたら、「どのマリアム・ビント・ハマドかい？」とすぐ訊き返される。

溺死したマリアムの夫は、アブダッラー・ビン・グマイエルといい、他人の農園で耕作人として働く男だ。大半の時間をナツメヤシの木に水を与えたり、農作物を育てたりして過ごし、地主から決められた報酬を貰うか、収穫の時に作物の一部を貰うかという暮らしをしている。

アブダッラー・ビン・グマイエルの家は、ガアタ農園の小高い丘の上に、ナツメヤシや農作物に囲まれてぽつんと建っている。丘のすぐ下には巨大な長寿のエジプトイチジクの木がそびえ立ち、村の向こう側へ通じる山道がその下を通っている。農園の外れにクロウメモドキの木が陰を広げ、マリアムが育てている牛たちや羊たちの囲いを建てるのに適した場所になっていた。

ガアタ農園は村の農園の中でも一番外れの場所に位置するため、干ばつや乾燥の時期には昼も夜も一日中、地下水を汲み上げる井戸車《マンジュール》の音で騒々しくなる。農園の向かいにはハタム井戸があり、北側にはバーレーン井戸があって、水を汲み上げるために井戸車が一日中稼働している。マリアム・ビント・ハマド・ワッド・ガーネムはその井戸車の音を聞きながら寝ることを好んだ。哀調を帯びた音楽のように彼女の耳に届き、落ち着きと安心を感じさせてくれる、水を求める井戸車の物悲しい音を聞きながら眠りにつくと、井戸車の一つ一つがその悲しげな音色の刺繡《ししゅう》で夜を彩るのだった。

村人から「ガアタ」と呼びならわされていたその家の周りには、古い墓地以外何もなく、墓石が崩れて山裾に散らばり、家に寂寥感を与えていた。必要がある時以外は誰もそのドアをノックしないが、それでも村の向こう側に通じる小道を歩く人たちの足音が家の中に届き、墓地と墓地に住まうものたちについての噂話にもかかわらず、その場所に賑わいを添えて侘《わ》びしさを紛らわせていた。

日中は小道を歩く人たちがエジプトイチジクの木陰でよく一休みして、ビン・グマイエルが用意しておいたデーツやコーヒーを口にした。その木の枝の一つには冷えた水が入った革袋がぶら下げられて、喉が渇いた人たちが栓を開けて水を口に流し込むのを待っている。

マリアムは村人が水源として利用している水路から水を汲むために、いつも容器を持って山道を登り、飲用や調理用、掃除や家畜の飲み水に使うのに必要な水を運んだ。険しい道のりにもかかわらず、一日に何度も往復する。早朝に一回、昼前にもう一回、午後に三回目、時々それ以上往復しなければならない。山道を駆け足で登り降りして、必要なだけの水を運んでくる。

マリアムは村一番の刺繍上手だった。彼女の手は軽やかで素早く、出来栄えも見事だったので、他の女性たちは羨んだけれども、彼女には敵わなかった。余裕のある家庭から服の刺繍を頼まれた代金のお陰で、マリアムと夫は他人から施しを受けることなく充分に生活できた。

マリアム・ビント・ハマド・ワッド・ガーネムの生活は、その清らかさを濁されることなく穏やかにゆったりと続いた。五年前にこの家に嫁《とつ》いで移り住んで以来、夫のアブダッラー・ビン・グマイエルからは敬意とたくさんの愛情を注がれてきた。

ところがマリアムは何年たっても妊娠しなかった。村の女性たちはその理由を墓地に隣接する辺鄙《へんぴ》な家のせいだと言い、ある常連客の女は願掛けすることをマリアムに提案した。また別の客は日暮れ時に墓地の近くでお香を焚くように勧めたが、マリアム自身は気が向いた時だけお香を焚くという以外、どんな提案も意に介さなかった。

数ヶ月前、生理が止まり、お腹が膨らみはじめた。村の女性たちが頼りにしているシャムサ・ビント・ハリーファという年老いた産婆のところに行き、診《み》てもらったところ、確かに妊娠していると言われた。

しかし彼女は妊娠する数ヶ月前からひどい頭痛に悩まされていた。その原因が長い時間、刺繍をしているせいだと思っていた彼女は、頭痛がひどくなるたびに仕事の手を止めて、少しの間横たわるようにしていた。ところが、妊娠してからは頭が真っ二つに割れそうだと言い張るくらい物凄い音がガンガンと頭の中で聞こえるようになり、眠っている間も、太い二本の腕が巨大な鎚《つち》を硬い岩に振り下ろす夢を見るようになった。

毎晩同じ夢を繰り返し見続け、彼女は頭が砕けそうな気分で目を覚まし、その重さと激痛のせいで頭を持ち上げることもできないほどだった。

その後、目を閉じると頭痛が治まることに気づき、ある時、井戸の横の水盤に降りて水の中に潜ってみた。すると頭痛は完全に消えたが、座って裁縫の仕事をするたびに痛みが増すことに気づいた。そのため妊娠中は、それまで速くて上手だった手が遅くなり、よく動かなくなってしまった。それで彼女は頭痛が治まるか妊娠が終わるまで、裁縫の仕事をやめる決意をしたので、彼女の顧客は他の女性のところに行くしかなかった。

ところが、夢の中でしか見えなかった鎚の光景は、起きている時にも現れるようになった。妊婦の重たい体を引きずって家の中を歩いていると、時々、岩に鎚を叩きつける両手の幻が見え、頭痛の激しさが増して立っていられなくなった。頭痛が弱まるまで、あるいは叩きつける鎚が見えなくなるまでその場で座り込んだり、横たわったりした。夫に夢でも現《うつつ》でもそれが見えると伝えたが、夫は頭痛の激しさのせいだと言った。

マリアム・ビント・ハマド・ワッド・ガーネムはありとあらゆる薬を試してみたが、どれも効力がなかったので、夫のアブダッラー・ビン・グマイエルが伝統治療師のハムダーンを連れてきた。彼女の話を聞いて症状を診た治療師は、彼女は片頭痛を患っており、頭の数カ所を鏝で焼かなければならないと言った。彼女が怖気づいたのを見て「永遠の痛みよりも一時の我慢」という諺を引用し、火傷を我慢するよう強く言ったので、彼女は躊躇せず彼の言うことに同意した。それから彼は鏝を燠《おき》にくべて、鉄が燃えた炭のように真っ赤になったところで、首筋や頭の脇、両耳の上、額、頭頂部など、彼女の頭皮のあちこちに押し当てはじめた。

彼女は焼き鏝の痛みに耐えたが、火傷のせいで高熱を出し、それから丸一週間ベッドで寝込まなければならなかった。その間、彼女の父方のおばであるカーゼヤ・ビント・ガーネムが付き添った。熱を下げるために額に濡れた布を置き、火傷用の塗り薬を処方すると、少し快復しはじめた。

焼き鏝による火傷は治ったが、頭痛はまた戻ってさらに激しくなり、それを紛らわすために水をいっぱいに満たした桶に頭を突っ込むようになった。ある時、井戸の水盤で入浴していた際、水に頭を沈めると頭痛が完全に消えることに彼女は気づいた。それ以来、桶に頭を突っ込むと、スベスベした岩に流れ落ちる砂のように、激しく叩く音が頭の両脇を流れ落ち、パッと消えるのを感じた。息を止めていられなくなったら桶から頭を出し、息を吐いてからまた大きく吸って桶の中に頭を突っ込む。

そうするとしばらくは頭痛から解放されるが、また徐々に元に戻る。遠くに聞こえる鎚音が少しずつ少しずつ近づいてきて、ついには他の物音が何も聞こえないほど耳を寒いでしまうように。

ある時、水路に向かおうと自宅の階段を降りたところで、エジプトイチジクの木の下にゆったりと座り、デーツを広げて美味しそうに食べながらコーヒーを啜っている知らない男が目に入った。

挨拶してそのまま道を進んだが、彼は彼女の歩き方が微妙によろめき、頭に鉢巻きをしているのに気づいて、彼女を呼び止めた。

「頭痛の薬が欲しいかい？」

顔に驚きの表情を浮かべながら彼女は彼に訊いた。

「なぜ私の頭痛を知っているの？」

彼は皿からデーツを取りながら答えた。

「お前の顔に全部出ているよ」

「あなたはどういう方？」

「俺は国々をさすらい、薬や医療品を売っている者さ」

「頭痛に効くものはある？」

彼女が質問を終えた瞬間に彼はコーヒーカップを地面に置き、右側に置いてあった大きな風呂敷《ふろしき》包みから黄色い缶を取り出した。蓋を開けて粘り気のある中身を掬《すく》いとり、自分の掌《てのひら》に置くと、それをマリアムに差し出して言った。

「この薬を試してみな」

そして彼は手を開いたマリアムに薬を与え、鼻腔に少量を塗ってから、鼻の奥に入り込むまで強く吸い込めと教えた。たくさんのくしゃみが出るが、薬が血管を広げて頭痛を治してくれるのだという。

マリアムは薬を吸い込んだ。ツンとくる良い匂いがして、はじめは顔や小鼻が弛緩するのを感じたが、その薬はたちまち鼻の中に広がり、粘膜を刺激したから、マリアムは大量の涙を流し、両目が燃えた炭のように真っ赤になるほど激しいくしゃみを連発した。

刺激が弱まり、マリアム・ビント・ハマド・ワッド・ガーネムのくしゃみが止まった時には、頭痛は軽くなって消えていた。

彼女は快復を実感した。まるで頭がこじ開けられて中から重荷が取り出されたかのように、今まで感じたことのないほど頭が軽くなった。

いつどうやって使用するか教わった後、彼から薬の缶を買った。昼食に招待しようとしたが、彼は重い病状で家族が困っている患者を治療するため、遠い町に行くから急いでいると断った。町の名は言わなかった。

マリアムが彼の名前や出身地を訊こうという頭が回らないうちに、彼はエジプトイチジクの枝に掛けてあった水筒から水を一杯汲んで飲み、持ち物をまとめて去ってしまった。

マリアムがこの粘り気のある吸入薬を使うようになってからというもの、頭痛は完全に消えた。時々、痛みが始まると彼女は急いで少量の薬を吸い込み、頭痛を追い払った。

しばらくして缶の薬がなくなると、頭痛が最初は軽く、日が経つにつれて激しさを増しながら戻ってきた。状態が以前よりも悪化して、自分の不運を嘆きながら彼女は泣くようになり、あのさすらいの医者に名前と出身地を訊かなかったことで自分を責めた。

妊娠の末期には、彼女は痛みと身重と家事の狭間で茫然自失状態に陥った。歩みが遅くなって震える手で物を運ぶようになり、桶に頭を突っ込んで過ごす時間が増えていった。

ある日アブダッラー・ビン・グマイエルは、妻がそのような状態でいるところを発見した。しばらく見ていたが動かないので、頭を桶に入れたまま息を引き取ったかと思い、慌てて彼女の頭を引っ張りだそうとした。妻は彼がいることに気づいて体を動かしたが、彼の手の突然の動きに怯えて水でむせた。彼女は咳き込みながら頭を桶から出した。口やら鼻やら、充血した目やら、色々なところから水が溢れ出て、顔や喉元に流れ落ちた。

彼女にとって人生は、自分を苦しめる騒音を鎮めてくれるものを探すこと以外には、もはや何の意味も持たなかった。訪れる人は誰でも、彼女に処方箋や薬草や解決方法を提案するようになった。

あらゆることを試したが、頭を水に浸した時以外、頭痛は鎮まらなかった。

家事を放置し、周囲の人々のことも気にかけなくなり、彼女は痛みとうめき声に沈み込んだ。まるで修行者《スーフィー》が祈りにふけっているかのように、座って頭を地面につけるほど体を揺らし、聞き取れない言葉をブツブツ呟いた。ごくまれにしか眠れなくなり、眠ったとしてもほんの短い時間しか眠れない。目をちょっと閉じただけで、中に溜まった水が今にも噴き出しそうな大きな石のように重い頭を抱えて、すぐに目を覚ましてしまうのだった。

幼くして母親を亡くしたマリアム・ビント・ハマド・ワッド・ガーネムは、近所に住む母方のおば、アーイシャ・ビント・マブルークに育てられた。母親を亡くす前、マリアムが三歳の時に父親も亡くなっていた。ザンジバル島へ行こうとしていた父親は、激しい嵐に遭遇し、乗っていた船が乗客や乗組員ごと海に呑み込まれたのだ。マリアムは母方のおばの家と、同じ横丁に住む父方のおばたち三人の家とを行き来しながら幼少期を過ごし、全員を「お母さん」と呼んで、全員から愛情を受けた。幼い頃に彼女を育てたのは母方のおばだったが、マリアムは父方のおばのカーゼヤ・ビント・ガーネムの家で多くの時間を過ごすのが好きだった。

あの激しい頭痛が頭に居座っている間、彼女の家の世話は母親たちが引き受け、調理したり、掃除をしたり、家畜の世話をしたり、水路から水を運んできたりしてくれた。それぞれの家から交代で来たり、あるいは一緒に集まって一日中彼女と過ごしたりした。彼女の頭をマッサージしてあげたり、クロウメモドキの粉を塗ってあげたりして、少しでも冷えて頭痛が治まることを願った。何か効果が出るのではないかと期待しながら植物の香りや香水も試した。彼女たちはあらゆる策や薬を試したが、頭痛は時と共にどんどんひどくなり、最期の数日間、彼女は周りで何が起きているのかすら、分からなくなっていた。

彼女は家を出て、どこへ向かっているのか、どうやって帰ればいいのか分からないまま、呻いたり痛がったりして、農園やナツメヤシの木々の間をよろめきながらさまよった。方向や時間の感覚を失い早く帰宅する時もあれば、晩まで戻らず、夫のアブダッラー・ビン・グマイエルが彼女を捜しに行くか、彼女の母親たちが代わりに捜しに行くこともあった。彼女はナツメヤシの木の間で気を失っていたり、ハドリーヤ横丁の農地に水路から流れ落ちる滝の近くに座っていたりするところを何度も発見された。彼女は滝の下で頭を抱えて座り、頭痛が少し落ち着いて体が冷え、感覚が戻るとすぐに外に出て、滝のそばに座り続けた。

時々、通行人が彼女を見つけ、手を引いて家に連れ帰ることもあった。帰り道に彼女は脈絡のないたくさんの物語を話して聞かせた。話題を次々と変え、また呻いたり、痛がったりするので、連れ帰る人たちは悲しみに打ちひしがれ、途中で泣く人も多かったほどだ。

彼女は瞬間的に我に戻り、驚いて周囲を見つめながら立ち尽くし、はたと自分の不幸に気づくことがあった。そして何も言わずに忍び泣き、すぐにまた忘我の状態に戻るのだった。

気が触れたと言われたり、刺繍の腕前のせいで妬《ねた》まれたと言われたりした。彼女の家に入った魔女に何かを飲まされて、様子が変わったと断言する人もいた。

彼女の母親たちや夫は、村人たちがでっち上げたそうした噂を耳にしても、「神なくして力や強さなし」と唱えることしかできず、なすすべもなかった。自分たちの無策と無力さに悲しみと恥を感じ、マリアムのために大いに苦しんだが、この世に居ながらこの世の者ではなくなってしまった彼女の痛みの比ではなかった。

この頃になると彼女は、底なしの深い井戸から自分を呼ぶ声が聞こえてきて、綱を摑んで井戸の底まで降りていき、頭を水につけると頭痛が治るという夢を見るようになった。

その囁き声を聞くと、頭の中の騒音が少し静まり、その声に身を任せて従ってしまう。そうして夢の中で毎回、彼女は井戸に降り、囁き声は徐々に深淵から聞こえてくる柔らかい声の歌に変わっていった。

ある日の昼下がり、井戸車の音が静まって、村が静寂に包まれた頃、マリアム・ビント・ハマド・ワッド・ガーネムは疲れた体を引きずり、痛みの重みによろめきながら家を出て、ハタム井戸に向かった。ついに井戸に辿り着き、足を縁に置いた。深淵から「おいで、おいで」と囁く声に応えて、夢の中で何度も見ていた綱を摑んだ。彼女はぶら下がって井戸に降りはじめたが、体重を支え切れず、綱から手を離して深淵に落ちていった。

第二章

カーゼヤ・ビント・ガーネムは、亡くなった母親を湯灌した残り水で赤ん坊の体を洗った。水を満たしたたらいを運んできて赤ん坊を入れ、いろいろな祈りの言葉を呟いた。小さな体を頭もへそもすっかり洗い、自分の頭からスカーフを外して赤ん坊を包むと、銀梅花《ぎんばいか》の油を塗った白髪交じりの三つ編みが彼女の首筋に垂れた。髪の分け目の白さや、まっさらな便箋のような首筋に注がれる人々の視線は気にならなかった。

彼女が赤ん坊を両手で抱くと、母親の遺体のことは忘れ去られた。女たちは死装束を着せる手を止めて、ぽかんと口を開けた。男たちは、自分の命令が破られたハーミド長老の顔を覆った憤怒を見ながら沈黙を守っていた。長老は、最後まで列席していなければならないと定めた伝統がなかったら、その場を去ったに違いない。だが彼は黙って、葬列の最後尾を歩くまで我慢した。

「死者の尊重は埋葬にある。遺体の準備を急いで」とカーゼヤは周りからの視線を無視しながら、強い口調で言った。それから彼女は安置されている女性の遺体に近づいて額に接吻し、赤ん坊を母親の胸の上に数分間、寝かせながら泣いた。最後に掌で涙を拭い、信仰告白《シャハーダ》を唱えてから赤ん坊を抱いて立ち上がった。

女たちは遺体に死装束を着せる作業を再開し、カーゼヤ・ビント・ガーネムは赤ん坊を抱いて出ていった。深い悲しみが交じった喜びを胸に抱きつつ、赤ん坊を連れ去った彼女の頭にあったのは、自宅に戻って赤ん坊に乳を飲ませてくれる乳母を見つけることだった。見つからなかったら、自分が飼っている牛から搾ったミルクを与えるしかない。

自宅に着いた途端、近所に住むアーセヤ・ビント・モハンマドが追いかけてきた。彼女は井戸のところで一部始終をこっそり目撃していたのだった。すぐにカーゼヤから赤ん坊を取りあげて自分の乳房をふくませ、赤ん坊が眠るまで乳を飲ませた。

アーセヤ・ビント・モハンマドは五人の女の子を産んだが、一人も生き残らなかった。最後の娘は病弱に産まれたうえ、風疹に罹《かか》り、ひとたまりもなかった。二日前に子ども用の墓地に埋葬したばかりのその娘のために乳房が張って、痛みや熱を引き起こさないように朝一回と夜一回、搾らねばならなかった。乳を飲んでくれる赤ん坊を見つけられるようにと願っていたところだった。

赤ん坊の口に自分の乳首をふくませると、一瞬にして彼の母親になったかのように、強い愛情を感じた。良い香りを放つ白い花のような何かが心の中に育ち、花開いた。気づかぬうちに目から涙が溢れた。カーゼヤ・ビント・ガーネムはといえば、黙って家の隅に座り込み、どうやって母親のお腹から赤ん坊を取り出し、連れて逃げてきたのか、いったい何が起きたのか、頭を整理しようとしていた。乳を飲んだ赤ん坊は満ち足りて目を閉じ、眠りについた。アーセヤ・ビント・モハンマドは彼をカーゼヤの膝に置いて去っていった。二人は一言も発しなかった。カーゼヤ・ビント・ガーネムは膝の上の赤ん坊の方に俯き、両腕で包み込んでそっと揺らしはじめた。

それから赤ん坊を抱いて自分のベッドの上に寝かせ、中庭に出た。ムラサキフトモモの木の幹にもたれて座り、頭を両の掌で抱えながら、起きたことを記憶から呼び起こしはじめた。故人を思って泣き、二人の間にあった愛情や幸せな時間を思い出した。胸中に宝石を隠し持っている女がどうしてこの世を突然去ることができたのか？　どうしてお別れのそぶりも見せずに去ってしまったのか？　それから自分自身はどうやって死者から生者を取り出す勇気を奮うことができたのか？　安心して眠っている赤ん坊の方に視線を移した彼女は、赤ん坊とその母親を憐れんでさらに大きな泣き声を上げた。

葬列が長くて細い小道に差し掛かった途端、小雨が降り出して、辺り一面と参列者の顔を濡らし続けた。四十歳代の男が空を見上げながら言った。

「神様はこの女に満足の意を示された」

「溺死した彼女に神様は殉教者の報償を与えるよう定められた」と棺を担いでいた屈強な男が応じた。

墓掘り人は終《つい》の棲家《すみか》を用意して、葬列の到着を待っていた。ある男が進み出て、水路から桶いっぱいの水を運んできたが、墓掘り人は彼に、「故人に水を手向《たむ》ける手間を神は省いてくださった」と言った。

棺が墓地に近づいた頃、雨は激しさを増した。参列者の頭はびしょ濡れになり、雨で男たちのひげが湿った。人々の足が地面を踏むたびに雨水が跳ね散り、遺体が眠る棺の覆いが濡れた。

大量の雨水が地表を流れていた。葬列が到着して、遺体が男たちの肩から墓場に降ろされると、激流が墓穴に注ぎ込み、水が底に溜まりはじめた。その時、一人の男が叫んだ。

「早く埋葬しよう。水が墓穴いっぱいに溜まっちまう」

再び持ち上げられた遺体はゆっくりと墓穴に降ろされた。運んでいる人々の手からあわや遺体が滑り落ちそうになるほど雨の勢いが増した。もはや視界は遮られ、空はその時間に、まるで海のような量の雨をその場に注ぎ込んだ。

遺体が墓穴の中に安置された時、水はその半分まで溜まっていた。一人の男が叫んだ。

「墓が水で溢れて故人が溺れてしまう。どうしよう？」

雨粒に体を打たれながら、別の男が不用意に答えた。

「故人はとっくに溺れてんだよ」

死装束が彼女の体と顔にピッタリと張りつき、中で微笑しているかのようだった。この光景を見て一人の男がひざまずいて号泣した。涙が雨水と混ざりながら遺体の上に降り注ぎ、墓場にもらい泣きが広まった。瞳に涙を溜め、目を真っ赤にして、たくさんの人々が泣き声を上げげた。サーレム・ビン・サッワードはてんかんの発作を起こし、湿った地面に倒れ込む始末だった。遺体に土をかけると水と混ざり合い、遺体が見えなくなった時には地面が完全に水浸しになっていた。

墓の周りに石を積み終えた頃には、参列者たちは雨で疲れ切っていた。夏の盛りにもかかわらず、あまりの寒さに体が震えはじめ、冬が突然到来したかのように気温が下がった。

彼らが帰路につく頃には雨足は徐々に弱まり、高齢の老人が右足を引きずりながら言った。

「神様がお創りなさった万物には意図が込められている。これまでの人生で棺桶を運んでいる時、今日のような天候には遭ったことがない」

解散してそれぞれ自宅に帰るまで、沈黙と寒さが人々につきまとって離れなかった。

カーゼヤ・ビント・ガーネムは雨の音で目覚めた。うとうとしていて聞き逃した赤ん坊の泣き声に気づき、駆けつけた。近づいてみると、屋根の隙間から雨水が漏れて、赤ん坊の耳に滴っていた。布団が濡れて、左耳が水に浸っている。数年にも思えたこのうたた寝のために彼女は自分を責め、泣きながら赤ん坊を抱き上げて、耳から水を出すために左向きに寝かせた。それから赤ん坊が泣き止み、再び眠るまで抱きしめてあやした。外の雨は一帯のナツメヤシの木々を洗い流し、数分も経たないうちに彼女の耳に、涸れ川を満たす奔流の轟きが聞こえてきた。

夕方、雨が止むと、向かいの横丁から日没後《マグリブ》の礼拝を呼びかけるブー・オユーン翁の声が聞こえてきたので、カーゼヤは赤ん坊を近くに置き、お祈りをするために立ち上がった。

お祈りの後、横丁の女たちが集まってきて、お悔やみを述べた。女たちは赤ん坊を膝に乗せ、彼の顔をじっくり眺めた。母親が溺死していなかったなら、赤ん坊に優しく話しかけ、彼に似合う名前を考えてくれたに違いなかった。

日が暮れるとアーセヤ・ビント・モハンマドが再び来て赤ん坊に乳を飲ませ、ゲップさせるために自分の肩に抱き上げた。それからその場に座り、彼の顔立ちを自分の指先で優しくなぞりながらしばらく観察し、自宅に帰っていった。五人目の娘が逝ってからというもの、人生が耐えがたいものになっていた彼女の心に、この束の間の訪問は愛に満ちた喜びを蘇らせた。娘が一人、また一人と亡くなるたびに、悲しみのあまり彼女は何ヶ月ものあいだ口を開かず、誰と会話することも、その顔を見ることさえできなかった。

数ヶ月前に彼女の夫はマスカットの町へ行ったまま、帰ってこなかった。村に帰省する人々から夫の噂を聞いたが、詳しく尋ねようとはしなかった。代わりに、自分の家とナツメヤシと農園の世話をしながら、黙って孤立していった。

村の道を歩く際には、俯き加減で歩くのが彼女の常になった。誰かが自分に近づいてきたら、歩みを速めた。果樹園に行く時には、暗い日陰になっている場所を選んで座った。

自宅にいる時には夫の声が聞こえてくるのが待ち遠しく、彼が扉のかんぬきの取っ手を回すのを待ち望んだ。ドアの近くで物音がするたびに、彼の話し声が聞こえてくるのではないかと期待しながら耳を澄ました。夜になると夫の枕を抱いて涙で濡らしてから、ようやく眠りについた。

最初の数日は、彼の声の名残がまだ耳の中で響き、彼の幻が近くで水を飲みながら言うのだった。

「誰しもこの世では、神様のお引き合わせによって別の誰かの魂で喉を潤す。誰しもが自分に合った水と出会うまで、渇きを感じている」

そして腕を彼女の首に回して自分の方に優しく引き寄せ、肩の下でおとなしくなった彼女にキスして言い終えた。

「お前は俺の渇望だ。お前は俺の水だ」

彼が水を飲む時には、清水が湧き出る音に耳を傾けるかのように、彼の喉がごくごくと音をたてるのを彼女は聞いたものだった。

夫のイブラヒーム・ビン・マフディーはずっと前から、マトラフの港に行こうと考えていた。彼が突然の出発を決断したことを彼女はあずかり知らなかったが、彼が前々から内心で考え、計画を立てていたことが後に分かった。

扶養者も同伴者もいない自分を独りぼっちにして村を離れるなど、冗談にでも聞かされたことはなかった。夫は村の生活が大好きだと思っていた。村人についても村の生活についても、これまで文句を言ったことは一度もなかったからだ。帰宅後にいつも彼女に聞かせてくれた話も、彼が爪先から頭のてっぺんまで、村人たちとの生活に浸っていることを示していた。

彼は口がうまく、話し上手で聞き上手だった。魔法使いのような手際でラクダの背に荷物を載せられるし、歯に衣着せぬがさつな物言いに慣れているこの村の人々でも、彼の話を聞くと誰しも魅了された。

村人たちからは裏表がある人という無礼な意味で「ごますり」とあだ名されたが、彼は気に入って、そう呼ばれるたびに笑い声を上げ、目を喜びで輝かせた。

そのあだ名をつけた人は、彼の抜け目なさと口の上手さとをやり込めたかったのだろう。ところが彼は巧みにそれを冗談の種にすり替えたので、人々は彼をからかっては一緒に笑い合うようになった。

ある日、モハンマド・ビン・スルターン翁が彼のドアをノックし、イーサー・ビン・ハムダーン族長《シャイフ》が一週間後に村を訪問すると伝えた。

「お前より口が達者な者はいない。お前の美しい言葉で村の誇りを見せてくれ。お前は神様から蜂蜜が滴る舌を授かった。村の代弁者をお前に任せたよ」

族長が来訪し、話し上手な男が念入りに選んだ言葉に何度も頷きながら、満足げに耳を傾けた。訪問が終了し、集会所を後にする際、見送る人たちの中にいたイブラヒーム・ビン・マフディーに近づいて族長が言った。

「ここはお前がいるべき場所ではない。この村はお前にとって何の役にも立たない。マスカットに行くべきだ」

その日以来、彼の頭からこの考えが離れることはなかった。族長が勧めてくれるほどの何がマスカットにあるのだろう？　なぜ自分にふさわしいというのだろう？　マスカットにはこの村とは違う人々がいるのだろうか？　彼はこのことについてずっと考えを巡らせていたけれども、妻にも誰にも一切話さなかった。

彼が旅に出た後、妻は胸中で自問した。「息子が欲しいという気持ちが渇望に変わって、私を一人置いてマスカットへ向かわせたのかしら？　彼が最後の妊娠のことを知っていたら、何か違ったかしら？ 遠く離れたあの場所で何をしているの？ 食事はどうしているの？ 誰が作ってあげているの？ 疲れて喉が渇いて帰宅したら、誰が水のコップを渡しているの？ 私のところで飲んだのと同じような水を、向こうでも見つけられるの？」この問いまで辿り着くと彼女の心は震えた。そして、向こうで夫が別の女を見つけることを恐れて、気分が深く落ち込んだ。

その日のたそがれ時には涸れ川が水でいっぱいになるほど大雨が降り、川岸の低地にある果樹園が浸水した。だが赤ん坊に自分の乳首をふくませてお腹がいっぱいになるまで母乳を飲ませた時、愛情という名の別の雨が彼女の心の中だけに降り注いだ。赤ん坊の無邪気な表情をじっくりと見つめていると、自分の渇きの方が癒されるように感じ、カーゼヤ・ビント・ガーネムの家に再び赴くのを、それほど躊躇しなかった。

その夜の丑三《うしみ》つ時を過ぎた頃に雨がまた降り出した。空全体を覆う雲から辺り一面に雨が注いで、鉄砲水がいくつも流れ出た。稲妻も雷鳴もなく、風も伴わずに空からただ水だけが、大地とそこに生きるものたちの上に降り注いだ。

それから三日後、大空は青く澄み渡り、徐々に普通の生活が村に戻ってきた。村人はあちこちに散らばった身の回りのものを懸命に拾い集め、大雨であらゆるところが浸水して大打撃を受けた農地を整備しはじめた。

人々は豊穣を喜んだ。彼らにとって豊穣とは、豊かな水で満ちた水路、様々な作物を実らせた緑の農地、気温が高すぎない夏、清水で喉を潤せること、それに遠くの山々まで延び広がる緑の放牧地を意味していた。

弔問は早々に切り上げられた。大雨のせいで村の集会所まで弔問に行くのが難しかったからだ。数日経つと村人たちは溺死者に起きたことを忘れ、生活の些事や日々の営みに戻っていった。

カーゼヤ・ビント・ガーネムはといえば、自分の悲しみを癒してくれる慰めを赤ん坊に見出していた。彼の世話をしたり、一緒に遊んだり、あやしたりしながら、赤ん坊の父親が彼女の家を訪れ、一瞬でも赤ん坊を抱き上げて名前をつけてくれるのを待っていた。だが三日経っても音沙汰はなかった。日中、彼女の家には常に女たちがいた。特に大雨で弔問できなかった女たちが家に来て彼女と抱き合い、少々もらい泣きして尊い故人の思い出話をし、コーヒーを飲んでからそれぞれの家に帰っていった。その中でもアーセヤ・ビント・モハンマドは赤ん坊に付き添い、ずっとカーゼヤと一緒にいた。日暮れ近くになってようやく、自分の雌牛に乾草を与え、鶏小屋の戸締まりをするために帰宅するのだった。

大雨がやんだ翌日、アブダッラー・ビン・グマイエルはカーゼヤの家を訪れた。悲しみが彼の魂に満ち、そこから溢れだしたことが表情に出ていた。顔色は黒ずみ、両肩が垂れ下がって、妻なしでは何もできない彼の無力さを表しているようだった。

涸れ川の向こう側から叫び声が上がるのが聞こえた時、彼は昼食の準備をしている最中だった。早めに帰宅したものの妻の姿はなく、彼女を楽にさせるため、自分が昼食を作ってやろうと決めたのだ。しかし何が起きているのか全く分からないうちに、騒ぎ声はますます高まり、耳にはっきり届くようになった。それでも妻の帰宅が遅れている理由をみじんも疑いはしなかったが、好奇心に駆られて家を出て、叫び声がする方に行ってみると、人々が井戸の辺りに詰めかけていた。

井戸の底から溺死者が引き上げられる途中で、長衣《ディシュダーシャ》の緑色からそれが妻だと分かり、舌がもつれて言葉が出てこなかった。半信半疑で無言のまま立ち尽くし、何が起きているのか、自分は何をすべきなのか、全く分からなくなった。

彼女に近づき、頭の近くに座って、額に自分の手を当てた。その瞬間に彼は、妻がいつも話していた夢の数々と、頭の中で騒音を立てていると常に彼女が訴えていたあの声の意味をやっと理解した。きっとあの呪うべき声に誘われて、その危険性を理解しないまま、井戸の中に降りたに違いない。

アブダッラー・ビン・グマイエルは言葉を失い、妻の顔と、彼女の体から滴る水を交互に見つめた。彼の顔は黒ずみ、目が座っていた。

大きな山が胸の上に重くのしかかり、泣きたくても泣けなかった。皆と一緒に棺を担いでいる時も、魔法をかけられたように、肩の上の遺体からも向かっている墓場からも、遠く離れているように感じられた。

体は人々と共にそこにあるが、彼の魂は別の場所にあった。あの世へ旅立った妻が彼の目の前にだけ現れ、この世界から彼を連れ去ったかのようだった。彼女は全身を飾り立てて井戸の周りの人垣から彼だけを連れ出し、山の岩場から湧き出した水が流れる緑の谷へと誘い出した。彼の手を離さず握りながら隣に座り、その目を見つめた。哀調を帯びた山の歌を聴かされて、彼は無限の幸せに酔いしれた。彼は完全に心ここにあらずの状態になり、墓に降り注ぐ雨音はまるで、二人一緒に岸に座って聴いている川のせせらぎのようだった。彼の顔や胸や手足をなぞる彼女の両手の軽やかさは、彼を包み込む風のようだった。突然彼を襲った寒気は、夢中で恋している男が恋人と共にいる時に感じる恍惚に他ならなかった。

我に返ったのはいつだったか？　彼自身分からなかったし、気づきもしなかった。ただ何がどう起きたのかを自問しただけだった。なぜあの天国のような場所から帰ってきたのだろう？　自分が苦しみと悲しみのどん底にいた時に、なぜあんなことが起きたのだろう？　妻が彼をあの深い悲嘆の瞬間から救い出し、現実から彼女のもとへと引き上げようとしたのか？　自分は元気で、彼岸で彼を持っていると言いたかったのだろうか？

三日の間、自分の代わりに空が泣くのを彼は毎晩聴いていた。亡き妻を新しい住処に安置する最中に降った雨のせいで熱が出たことに気づかず、入り混じる音の波に沈み込んでいた。そして彼は自宅でうずくまり、繰り返し痙攣に襲われて、うわごとを口走った。洪水のせいで孤立し、向かいの横丁の住民すらぽつんと離れて建っている彼の家に辿り着けなかったし、東側の横丁の住民は激流を渡ってくることができなかった。高熱に体を蝕まれながら独り取り残された彼は、三日目にようやく快復して目が覚めた。空が泣きやみ、土砂降りを止めた時、何が起きたのかやっと理解した彼は、咽び泣きはじめた。

しばらくして彼は力を振り絞って涙をぬぐい、カーゼヤ・ビント・ガーネムの家に赴いた。そして彼女の隣に座り、たった今母親を亡くしたばかりの迷子のように泣いた。

カーゼヤももらい泣きし、マリアムの思い出話をしてはまた一緒に泣いた。彼は自分が父親になったことを知らなかったし、彼女は彼が自分の息子について何も知らないということに気づかなかった。

泣き疲れた彼は、自分の胸を押さえつけている岩が少しでも軽くなればと、山道を散策するために帰ろうとした。彼がドアまで辿り着いたところでカーゼヤが赤ん坊のことを思い出し、「自分の息子に会いたくないの？」と尋ねた。彼は戸惑いながら振り向いて、問いかけるように首を傾げた。

「あなたの息子よ。あなたの息子」

彼女はそう言いながら、部屋の隅に丸まっている布の包みを指差した。アブダッラー・ビン・グマイエルは息子に近づき、両手で抱きかかえた。赤ん坊を自分の手で抱いたのは生まれて初めてだった。彼は近づいてきたカーゼヤを、戸惑い、問いかけるような目で見つめた。彼女は掌で赤ん坊の額と顔を撫でながら呟いた。

「お母さんにそっくり。目も同じだし、額も同じ。でも鼻はあなたの鼻に似ているわね」

彼は困惑し、悲しげな声で彼女に訊いた。

「どうして？　どうやって俺に息子が？　妻はいつ出産したのかい？」

カーゼヤはこの質問に驚き、彼は記憶を喪失したに違いないと思った。そうでなければあの日、井戸で起きたことをどうして覚えていないのか？　彼女は深く息をつき、涙を流しながら何があったか説明しはじめた。時々嗚咽して、話を中断した。

彼は少しずつ記憶を取り戻し、昼食を作って妻を待っていたことを思い出した。涸れ川の向こう側から聞こえてきた叫び声や騒ぎを思い出し、彼女が水を滴らせて目の前の地面に倒れていたことまで思い出した。

熟睡していた赤ん坊が突然動き出し、おくるみの中でのびをしてから、小さな目を見開いて父親の顔を見つめた。二人の目が合った時、父親は本当にマリアムの目にそっくりなその両目に惹き込まれた。その目に映る何もかもが静謐に見えた。微笑みかけるように赤ん坊が口を開いた時、アブダッラーは胸を圧迫していた悲しみの重たい岩がそっと持ち上げられ、自分の体が軽くなり、家の空間が広がったように感じた。

彼は赤ん坊に妻の面影を認めた。顔全体や目に宿った利発そうな輝きまで、妻そのものだった。彼は赤ん坊を抱きしめ、額にキスを浴びせた。あやしはじめた父親の胸に抱かれ、赤ん坊は父性の匂いと慈愛と愛情に満たされた。

「名前をつけて」

カーゼヤ・ビント・ガーネムは父親に言った。

彼は首を横に振って答えた。

「名前は任せます。母親はあなただ」

父親にあやされて深い眠りに落ちた赤ん坊の顔を見て、深呼吸してから彼女は言った。

「名前はサーレム。サーレム・ビン・アブダッラー」

父親は彼女が選んだ名前を頭の中で反芻してから尋ねた。

「どうしてサーレムなんですか？」

「神様が彼を溺れ死にさせず、無事《サーレム》に救ってくれたから」

父親は彼女の答えを気に入り、満足げに頷いてから赤ん坊を膝に乗せ、眠り続けるよう、ゆっくり静かに足を揺らした。

赤ん坊に乳を飲ませるためにアーセヤ・ビント・モハンマドが家に入ってきた。ドアをノックせずそのまま入ってきたので、目の前で息子を膝に乗せて座っているアブダッラー・ビン・グマイエルを見て驚き、口ごもりながら、許可無く家に入ったことを詫びた。だがカーゼヤは彼女を歓迎して言った。

「ここはあなたの家も同然よ」

アーセヤはアブダッラー・ビン・グマイエルにお悔やみを述べた。彼はアーセヤの夫の消息を尋ねたが、彼女は音沙汰がないと答えた。彼女は父親に抱っこされた赤ん坊を困惑したように見つめながら立っていた。アブダッラーはなぜ彼女が自分のそばにじっと立っているのか理解できず、彼女とカーゼヤとを交替に眺めた。そこでカーゼヤはアーセヤの困惑と狼狽を払拭しようと、赤ん坊に乳を飲ませたがっているのだと代わりに告げた。

アブダッラーは赤ん坊を膝から抱き上げてアーセヤに渡した。アーセヤは部屋の隅に行って、乳を飲ませはじめた。

翌朝には雲ひとつない澄み渡った青空が広がった。しかし、夜明け前《ファジュル》の礼拝を済ませてモスクから出てきた礼拝者たちを冷たい南風が出迎え、一緒に横丁の小径を吹き抜けていった。礼拝者たちの後ろをゆっくり歩いていた男が言った。

「この南風には何かある」

ブー・オユーン翁が立ち止まり、尋ねた。

「何かとは何だね？」

しかし男は無視して彼を追い越していった。ブー・オユーン翁は空を見上げた。まだ光を放って輝いている星がいくつか見えたが、いつもと変わるところはなく、肩をすくめてまた歩きだした。

しばらくして太陽が少し昇り、山の頂に達した時、南から暗い灰色の雲が太陽に向かって湧き上がってきた。それほど大きな雲ではなかったが、太陽の光を遮るには十分だった。その時、風が冷たさを増し、冷えた水を含んでいるかのように湿った風になった。

夏は突然、厳しい真冬に変わり、冷たい風が山々や横丁の間で鳴り響いた。人々は身を守るために自宅に逃げ込んだ。ナツメヤシが数本倒れ、大樹の枝が折れた。住民の上に家の屋根が崩れ落ちそうになるほどの暴風だった。それから急に暗くなり、霧が山頂に降りて、空の底が抜けたかのように、雨が凄い勢いで村に降り注いだ。鉄砲水によって果樹園が流され、日干し煉瓦で作られた住宅の壁が溶けて屋根が崩れ落ち、村人は運べる荷物や食料を持って山々の洞穴へと逃げ込んだ。何日もの間、大きな洞穴に身を潜め、水が村を覆い尽くして何もかも押し流し、自宅が廃墟と化していくのをそこから見守った。

アブダッラー・ビン・グマイエルも他の人たちと同じように家から逃げた。山に一番近い場所に住んでいた彼は、いつも山に入った時に寝泊まりしていた小さな洞穴を選んだが、そこは自分とカーゼヤとアーセヤと赤ん坊、それに持ち出すことができた保存食がかろうじて入る広さだった。

雨が降り出した時、アーセヤは赤ん坊に乳を飲ませるのに夢中だった。他の人と同じように、雨は数分でやむと思っていた。夏の雨はいつだってそうだった。帰宅しようと思い立った時、激流が自分の住んでいる横丁と、自分との間に立ちはだかっているのが見えた。顔を心配で曇らせた彼女をカーゼヤがなだめ、雨が上がるまで残るよう勧めた。

彼らは洞穴の中に焚火をする場所と寝る場所を整えた。幸いなことにアブダッラー・ビン・グマイエルが最後にこの洞穴に滞在した時、古い薪の束を残していた。それを使ってコーヒーを沸かし、雨を見守った。カーゼヤは自分の袋からデーツを取り出した。それこそ皆が一番欲していたものだった。

雨はまるまる一週間、激しい勢いで降り続けた。それから降り出した時と同じように突然止んだ。雲が消え、燃えるような太陽を真ん中に抱いた真っ青な大空が現れた。村人たちは帰宅しはじめたが、家々は崩れて残骸になっていた。激流が果樹園を押し流し、土砂や小石で埋めていった。木々は引き抜かれ、ナツメヤシが倒れていた。

豊穣の一年が訪れた。その間、村人たちは家々の修繕や果樹園の立て直しに励んだ。日が経つにつれて、何事もなかったかのように、村は元の輝きと歓びを取り戻した。

第三章

水害は一本残さず木をなぎ倒していったが、村人たちはそれでも到来した豊穣を喜んだ。涸れ川にも山道にも水が満ち、小川の水音で村の隅々まで賑やかになった。用水路が溢れるほど地下水が豊かに湧き出た。

農園があらためて区分けされ、果樹園の柵が建てられ、区画が元通りに整備されて、あちこちから土が運ばれてきた。最も上質なのは、植物の残骸や堆積土交じりの泥水が溜まっている曲がり角に、濁流が残していった土だった。

村人たちは隣接する村々からナツメヤシやレモンやマルメロやマンゴーなどの苗木を持ってきて、濁流が押し流したナツメヤシや果樹があった場所に同じ種類の苗木を植えた。そうして村は再び、豊かなオアシスに戻った。

サーレム・ビン・アブダッラーは、カーゼヤ・ビント・ガーネムの世話を受け、二歳になるまで母乳を与え続けたアーセヤ・ビント・モハンマドの愛情の下で育てられた。アーセヤは乳離れした後も彼を訪れて、時々自分の家に連れていっては手料理を食べさせ、愛情を注いだ。

サーレムが六歳を過ぎた頃、布地売りの男が村に来て、アーセヤ・ビント・モハンマドに伝言を預かってきたと言った。彼女を捜し当てた男は、夫がガーファタインという村で病に倒れ、彼女に来て欲しがっていると伝えた。

アーセヤは二日間泣き続けた。カーゼヤも他の誰も、彼女が泣く理由が分からなかった。行商人が運んできた伝言を誰にも言わなかったからだ。引き裂かれるような苦い葛藤を、彼女は誰にも明かさなかった。真の母性の喜びを味あわせてくれた子と離れ、病に倒れてようやく自分のことを思い出した夫のところに行くのか？

カーゼヤはアーセヤの夫の身に何か起きたと思い、横に座って、忍耐が肝心だと慰めた。しかしアーセヤが真相を伝えると、カーゼヤは夫のところに行って世話をすべきだと促した。戻ってくるまでサーレムはきっと彼女を待っていると言って、道案内役を探してあげるよう、アブダッラー・ビン・グマイエルに頼んだ。アーセヤはこの村を離れたことがなく、ガーファタインという村への道が分からなかったからだ。

アブダッラーは彼女に、村々の位置や道の方向を熟知している旅人のサルマーンを紹介した。到着した時点で料金を支払うという条件で、彼女は彼にガーファタイン村まで連れていってもらうことにした。村の場所を訊くと、東に向かって三日間歩いたところにあるという。二人は翌日の正午に出発する約束をした。

彼女は必要なものを全部一つにまとめて風呂敷に包んだ。服、装飾品、家の鍵、父親から相続した農園の権利証書、道中に必要な食べ物やコーヒーなどだ。

アーセヤは出発の日にアブダッラー・ビン・グマイエルの家を訪れ、別れの挨拶代わりに子どもを抱きしめた。子どもは何も理由が分からないまま、ただ激しく嗚咽する彼女にしがみついた。

彼女は泣きながらカーゼヤと抱き合い、できる限り早く村に帰ると約束した。カーゼヤは旅の無事を祈ってから彼女に道中の食糧を渡し、服や装飾品をいくつか記念に贈った。それから村境まで一緒に歩き、そこで子どもと一緒に立ち止まって、谷間の道に彼女の姿が見えなくなるまで見送った。

アーセヤは案内人のロバの背に揺られて三日三晩旅する間、どうしても止まる必要がある時以外、ほとんど何も喋らず黙っていた。

時々ロバの背でウトウトして、水面から子どもの手が伸びて彼女に助けを求める夢を見た。その手を握って引き上げようとすると、突然、その手に強い恐怖を覚えた。

こうして毎回、夢に手が現れて、水から引き上げようとするところで夢が途切れ、恐怖を感じたまま目が覚めるのだった。

ある時案内人は、彼女が理解不能なうわごとを呟いているのを聞き、何を言っているのか理解しようと近づいて耳を澄ました。彼がロバに体を寄せる気配を察した彼女はすぐに目を覚まし、不審そうに彼を見た。彼が彼女のむくんだ顔や腫れぼったい目を指差すと、彼女は怯えながらそれに触れ、顔を洗うために一番近い水場でロバを止めるよう頼んだ。

一時間後、二人は谷に降り立った。谷の水は玄武岩の上を流れ、いくつかの小さな淵に集まってから、滑らかな小石混じりの砂に吸い込まれ、また別の場所から湧き出るのだった。

水は精巧に掘られた水路のような、磨かれた岩盤の上を流れていた。長い会話のように続くその水音以外には、沈黙と静寂だけがその場に広がっていた。

アーセヤは細かい砂の上に座って休息した。近くにある淵の底には小さな魚たちがヒラヒラと泳いでいた。その表皮には丸い形の昆虫がつけた線が走り、まるで長大な叙事詩のように見えた。水面に映る自分の腫れぼったい顔を見た彼女は、信仰告白《シャハーダ》を唱えながら何度も顔を洗った。それから谷の深い沈黙に身を委ねた。少し体の疲れが取れて心が静まると、彼女は夢や水や突然出てくる手のことを思い出した。

小魚が水面で躍るのを見ていると、自分の過去が走馬灯のように目に浮かんだ。まるでその小さな生き物たちが自分の思い出を描き、書き留めてくれているかのようだった。亡くなった子どもたち、人生の始まり、幼い頃のこと、自分の夢、夫のイブラヒームに去られて独り、勝ち目のない猛獣たちと戦うかのように彼を待ちながら、人々で賑わう村で暮らす孤独感。村に残してきた子どものことも思い出した。毛糸に絡みついた棘を抜くように、彼の胸から我が身をどう引き離したのかも。自分の母乳がその唇から泉のように溢れるほど乳を飲ませた子だ。その声の響き、たどたどしく口から出た最初の文字、「ママ」と呼ばれた時のことを思い返し続けた。彼からママと初めて呼ばれた時、彼女は彼をかき抱き、流れを塞いでいた岩が取り除かれて水が溢れ出た水路のように、激しく涙を流した。

自分の指を彼の手に添えて、初めての一歩を踏み出す手助けをした我が子。彼女が「おいで、おいで」すると嬉しそうに手をパチパチ叩き、よろめきながら歩くのを見て喜んだものだ。彼の笑顔は自分にとって最大の勝利であり、その躓きは最もつらくて苦い敗北と感じられるほどだった。

自分の手で育てた子。三歳で麻疹を患い高熱で死にかけた時、彼女は強い恐怖を覚え、喪失が自分をあらゆる方向から待ち伏せしているように感じた。

彼女は一睡もできなかった。自分の心臓を取り出して、落ち着くまで締めつけたくなるほど不安が募った。刑場に連れ出される人のように、脚をゆっくり引きずりながら歩いた。子を襲った高熱が自分の体に乗り移ったかのように、彼のうわごとを自分も呟き、彼の嘆息を自分も吐いた。

子どもの言葉は非常に遅れ、四歳になるまで彼の口からはほんのいくつかの単語しか出なかった。ハイハイしている頃から左耳を肩の方に傾けて、擦りつけているのに彼女は気づいた。時々は掌で左耳を擦ったり、小さな指を耳の穴に入れて、しばらくそのままにしていたりすることもあった。

ある女が彼女に「中耳炎だ」と言った。

しかし彼は耳の痛みを訴えなかったし、耳から汚れも出てこなかった。別の女の助言に従って、アーセヤはある時、テフロシア・アポリネアの木の葉を絞って彼の耳に垂らしてみたが、擦ったり掻いたりするのは止まらなかった。しばらく見ていても耳を痛がる様子はなく、彼に害をもたらすかもしれない助言を聞き入れるのはやめにした。

彼女は時々彼を連れて涸れ川に行くこともあった。水の近くに座らせると、彼は耳が地面につくまで頭を傾け、岩の奥底から聞こえてくる会話に耳を澄ましているかのように、何分もその姿勢のままでいた。

「子どもには私たちに聞こえないことも聞こえるんだよ」

カーゼヤ・ビント・ガーネムはそう彼女に言った。

それからカーゼヤは、子どもたちに関する似たような話を彼女に聞かせた。ある人々がどこかに入って何かするのを目撃した子どもたちが、数年後にその意味を理解できるようになり、目撃したことを語ったところ、当時、その場所で起きた特定の事件に合致したという話だ。

ある家の屋根から火事が出て、牛舎にまで燃え広がったことがあった。数年経って一人の男の子が、水を満たした桶を持って牛舎に入っていく男たちを見たと言った。すると皆、鎮火した後に、火傷一つ負わずにつながれた杭の周りをぐるぐると歩き回る雌牛が見つかったことを思い出した。その火事の日付を思い返してみると、その男の子はまだ一歳を過ぎていなかった。

「地底の人々が彼に話しかけているのさ」とカーゼヤは彼女に言った。

この一言だけでも彼女の心配を募らすのに十分だった。地底の人々が自分の息子に何の用があって、何を彼の耳に囁くというの？

自分が気づいたことは他の女たちには隠しておこう。彼女たちの口は信用できない。自分が言わなかったことまで噂を流すかもしれないから、知っていることは全て胸にしまっておいた方がいい。

唯一心を開けたのはカーゼヤ・ビント・ガーネムだった。カーゼヤだけが彼女に物事を説明してくれたり、助言してくれたり、周りの人への警戒を促してくれたりした。傷を負った母親である彼女は、これ以上、喪失を重ねたくなかった。

「この村ではお互いに食らい合っている。彼らの舌は飽くことなく、昼も夜も疲れを知らない。何もかも気に入らず、いいことがあっても嘆き、悪いことがあっても嘆く」

カーゼヤから聞いたその意見ほど正しく、腑に落ちたものはない。人々は彼女が持っていたもの全てに食らいつき、自分の夫も彼らの舌にそそのかされて村を出ていった。村人たちは彼の人生と子どもたちを食らい、我を忘れたさまよい人に変えてしまった。どこに辿り着き、住み着いたのかも分からない。

アブダッラー・ビン・グマイエルも彼らの舌の餌食になった。溺死した彼の妻の噂話は長年の間、村人たちの格好のごちそうになった。ついに彼は体調を崩してやせ細り、顔色が黒ずんで、骨と皮だけの体で村を歩き回るまでになった。その後、もっと栄養たっぷりのごちそうを見つけた村人たちはようやく彼を捨ててそちらに移り、彼は健康を取り戻した。

度重なる喪失に見舞われたアーセヤ・ビント・モハンマドは自分の殻に閉じこもるようになった。周囲から見せられる全ての微笑み、聞こえる全ての言葉を疑うようになり、あまりの不信感で女たちの集いからも足が遠のいた。その数年の間、彼女らの口から出る褒め言葉にも嫌気がさし、毒入りの蜜のような策略かと疑った。

ある老婆に言われた言葉を思い出す。

「ホサイバ・ビント・マブルークがお前の旦那に魔法をかけたのさ」

ホサイバ・ビント・マブルークは自分の娘をイブラヒーム・ビン・マフディーに嫁がせたかったのに、イブラヒームが自分を選んだことを知っていたアーセヤは、この一言がずっと気にかかっていた。その考えを頭から追い出そうとするたびに、水瓶を運んでいた彼女が水路に架かる橋のところでホサイバに遭った時に言われた言葉が思い出された。ホサイバの目は恨みに燃え、アーセヤはその後何日か高熱を出してしまったほどだった。だがそれより重要なのは、ホサイバが彼女にこう言ったことだ。

「彼はこの村でお前さんの他に結婚したい相手を見つけられなかったのかね？」

自分の頭に植えつけられた考えを少しでも和らげようと、彼女は夫に打ち明けた。彼女はすでにその女のところに乗り込む覚悟だった。子どもたちに害を及ぼすことをやめてくれるかもしれない。だが夫は「これは神様の思し召しだ」と言った。

彼女はカッとなって答えた。

「殺し合いをする人たちだって、神様の思し召しね」

用心のために彼女は最後に生まれた娘を、ぼろ袋を意味する「シャンナ」と名付けた。不名誉な名前をつけることで嫉《ねた》みを防ぎ、邪視《じゃし》から子どもを守ることができると聞いた彼女は、美しい名前をつけて子どもがまた死ぬのを恐れたのだ。

彼女は娘の首に御守りをかけ、腕に別の御守り、足輪に三つ目の御守りをつけた。それぞれのお守りには役割があり、一つ目はウンム・スブヤーンという魔物、もう一つは妬みの目、最後の一つは喜びの目を防ぐためのものだった。

　またアーセヤは昼夜を問わず、お香を大量に炊いた。家からジン［アラブ世界で古くから信じられている超自然的な生き物。精霊・魔物］を追い払うために、乳香と樹脂とペガヌム・ハルマラを一緒に砕き、山の木々を混ぜたものを主に使った。祈りや厄払いの呪文を唱えながらお香を焚きしめた。

　奉納もした。聖者廟を訪れ、言われたとおりに腐った卵やお香、コイン、銀細工、娘の服の切れ端などを供えた。

　泉を訪れて、水源の周りにお菓子を撒くこともあった。

「泉よ、アーセヤの娘のシャンナから邪視を取り除きたまえ」

　彼女は泉の周りにお菓子を撒きながら、その厄払いの呪文を繰り返し唱えた。

　日々自分の娘が弱っていくのを見守りながら、彼女はできる限りのことをした。娘の衰弱を止められるようにと願いながら、どんな策も残らず試した。

　しかし死が来たるべき時が来たら、呪符にもそれを止められず、用心にも医学にも防げない。不名誉な名前も、死をその獲物から遠ざけることはできない。だから娘はしばらく闘病した後、母親の心に深い疼きを残して亡くなった。何もかも奪い去る疫病の前に無力で立つ人の苦しみは、いかばかりであろうか。

　この喪失の後、夫の不在に乗じて、彼女はホサイバの家を訪れてドアをノックした。ドアを開けた老女は、彼女の泣き顔と充血した目を見て、首を傾げた。

「娘よ、大丈夫かい？　何があったんだい？」

胸に垂れたスカーフを涙で濡らしながら、アーセヤは怒りを込めて言った。

「どこが大丈夫なもんか。あんたが私の子どもたちを食って、夫を追い払ったくせに。まだ足りないの？　なぜやめないの？」

老女はこれを聞いて腹が立ったが、自制して彼女を家に入れた。それから座ってなだめたり、頭を撫でたり、クルアーンの章句を唱えたりして、やっと彼女を落ち着かせた。お守り代わりにクルアーンの最後の二章を大きな声で唱えた後、老女は言った。

「神様にお許しを請いなさい。疑念は時として罪になる。私は確かにお前さんの結婚を憎んだ。でもそれは神の定めだし、終わったことだ。私の心はもうお前さんに対して一点の曇りもないし、お前さんにも旦那さんにも思うところはないよ」

自宅に帰るアーセヤの思いは千々に乱れた。この村を出ていくか？　行くとしたらどこへ？　夫を捜す？　どこに？　間もなく彼女は人々を避けるようになり、孤独に苛まれて絶望のあまり、何度も死を考えた。

目の前の泉が自分の半生の細部を蘇らせ、小石やその場に向けてぶり返す彼女の古い痛みを物語っているかのようだった。彼女の頭の中を巡る全ての想念がもれ聞こえているのだろうか、それとも彼女がそう想像しただけか？　旅人のサルマーンの方に目を向けると、彼は何かを探すように遠くの山頂を見つめていた。

水に両手を伸ばし、少し掬って顔に浴びせた。それを何度か繰り返してから、両腕を洗い、濡れた手で頭を少し拭った。まるで礼拝前のお清めをしようとしているみたいだった。それから突然立ち上がってロバに向かい、背中によじ登った。それが彼女から無口な男への合図だった。

案内役の男はいくら歩いても疲れを知らず、夜も昼も歩き続けて一切立ち止まらなかった。歩きながら暗記している詩をリズムに乗せて歌い、時には自分で作った物語を語った。その物語には信じがたい不思議な出来事の数々が含まれ、ある時には自分に起きたことだと言い、また別の時には他の人たちに起きたことだと言ってから、しばらく黙った。その威厳を感じさせる沈黙の合間に聞こえてくるのは、砂利を踏む足音だけだった。

ガーファタイン村に到着して約束の料金を受け取った案内役は、地元の村に戻っていった。彼女は夫のことを尋ね回り、やっと村の外れにある大きなクロウメモドキの木の下に横たわっているのを見つけた。木の周りには彼の荷物が散らばっていた。彼はやせこけて風貌が激変していた。その目に彼女がよく知る輝きがなかったなら、夫だと気づかなかったに違いない。

枕元に立っている彼女を見た時、彼の目からは涙がこぼれた。彼女はその場に座って彼の頭を自分の膝に乗せ、額をさすって口づけた。

彼女は自分の感情を抑え込んだ。その目からは涙一粒こぼれず、喪失の痛みや見捨てられた屈辱が顔に出ることもなかった。むしろそうした感情全てを底無しの深い井戸に沈め、責められるのではないかと彼女の顔色をうかがう夫を元気づけるように、優しく微笑んでみせた。

アーセヤはクロウメモドキの木の周りにナツメヤシの葉で囲いを建て、掃除をし、住めるように整えた。

毎日、彼女はクロウメモドキの葉を煎じた液に布を浸し、夫の体を拭いた。夜になるとテフロシア・アポリネアの葉を擦って少量のレモン汁と塩を加えたものを、彼の四肢に塗った。

彼女の手厚い世話を受けて数週間が経った。その間彼女は彼に治療を施し、清潔に保ち、体をさすり、冗談を言って彼の気を晴らした。彼は彼女のそういった陽気な気質を以前には目にしたことがなかった。特に何度も妊娠と喪失を繰り返してからは、彼女の心が痩せ細っていくのを長年にわたって見てきた。今、彼は初めて発見するかのように彼女を見ていた。滑らかな体、艶めかしい歩き方。スカーフから髪をのぞかせ、輝くような胸元をそれとなく見せながら彼に近づいてくる。彼の髪を梳く間、彼の鼻先は彼女の胸に押し当てられ、そのふくらみに顔が埋もれた。彼女が彼の首筋を持ち上げて引き寄せると、顔が両の乳房に挟まれて、彼女の匂いに溺れた。

彼女は容態が快復しはじめた彼を水路まで支えて歩かせ、腰巻き《イザール》だけ残して服を全部脱がせた。それから用水路に座らせると、ダムのように彼の背後に溜まった水を両手で掬い、体にかけてやった。

彼女は彼を子どものように甘やかした。体を洗ったり食事を与えたり、時には怒ったり時にはなだめたりした。彼が元通り健康を取り戻すと、水路まで行くことを許した。自分もついていき、いつものように用水路に座った彼の体をさすって、敏感な部分を刺激した。

ある夜のこと、彼女は夫が自分の体に寄り添い、両手で彼女の隠し所を探るのを感じた。彼女の体から放たれた香気は、夜の微風と共に旅立った。数時間抱きあった後、彼女はひたすら泣きはじめた。そのまま眠りに落ちるまで、夫の胸の上に涙をこぼし続けた。

マトラフに着いてからのイブラヒーム・ビン・マフディーは、数ヶ月の間、仕事を転々としていた。港では荷役、穀物商人のもとでは売り子、卸市場では仲介人として働き、ロバの売人など、いろいろな職についた。自分の中にしか存在しない何かを探し求め、一つの職業に留まることはなかった。

住居も転々とし、一つの家に留まることはなかった。マトラフでの生活が気に入らないとみるや、内陸に行くキャラバンについて出ていった。そこでも村から村へと渡り歩き、この数年、一つところに落ち着いたかと思えば、また違うところへ移り住んだ。

彼は住み着いた村々で小さな農園を購入した。大抵は放置された農園で、整備して土を入れ替え、様々な種類のナツメヤシや果樹を植えた。軌道に乗って一番いい状態になったところで農園を売り払い、わずかな荷物をまとめ、また別の村を探しに旅に出た。

彼は祝福された緑の手の持ち主だった。開墾されず長年不毛だった農地に彼の手が入ると、様々な種類のナツメヤシが育ち、レモンやマルメロやマンゴーの木で囲まれた緑豊かな農園に姿を変えた。所々に大麦やムラサキウマゴヤシを植えて、時にはその一部を小麦畑にした。

農園を購入すると、高い所から土地の形や角度を観察し、頭の中で区割りを決めた。最初に思い描いたとおりの完璧な農園に完成された姿を見たいという一心で、毎日、日の出から日没まで耕作に没頭した。

ところが農園が完成して豊かに実り、最良の姿を見せるようになると、彼は飽きて気持ちが冷めてしまうのだった。そして間もなく村人に声をかけて農園を売却し、翌朝には別の村に向かって去っていく。

だが彼はガーファタインのことは気に入り、心が安らいだ。それでクロウメモドキの木陰を家として、腰を落ち着けることにしたのだった。

ある村人は、長老たちから聞いた村の歴史を次のように物語る。

羊の大きな群れを連れて各地を放浪する牧人がいた。水と牧草を探し求めて村から村へと渡り歩き、村外れで寝泊まりしては、より良い牧草地を目指して去っていった。そうして彼はついに、クロウメモドキとアラビアゴムモドキの木が一面に広がる空き地に過ぎなかったこの村に辿り着いた。巨大な二本のガーファ［プロソピス・キネラリア。西アジアでよく見られるマメ科の木］の木の近くから泉が湧いて、池や小さな沼を形作りながら水が流れ、再び小石や砂で敷き詰められた地中に潜っていった。牧人はその土地を気に入り、巨大な二本のガーファにちなんで「ガーファタイン《二本のガーファ》」という村名をつけ、二本の木の向かいを住処とし、妻と羊の群れをその木陰に休ませた。

年が経つにつれ牧人には大勢の子どもたちが生まれ、羊の群れの世話を手伝った。しかしそのうちの一人は変わり者で、地面から湧き出す泉を利用しようと思いつき、そこに作物やナツメヤシを植えはじめた。さらに彼の思いつきは膨らみ、水脈を辿って地下に水路を掘ろうと決意した。そうすれば湧き水の勢いが増し、父親の家を取り囲む平地を開墾できると期待したのだ。

そのせいで兄弟は彼を嘲るようになり、父親は彼にこう助言した。

「無駄な努力はやめておけ。水量はこれ以上、増えるまい」

しかし青年はその広い涸れ川に水路を掘削し、地中深く掘り進めた。何年もかけて岩盤を削り、神様以外、地下水路がどこまで達するのか知る者はなかった。そしてついに彼は滑らかな硬い岩に突き当たり、その岩を砕くか、周囲に穴を開けようと試みたが、無駄だった。数ヶ月の間、岩を砕くために彼は奮闘し続けた。岩を叩き、掘り、削り、あるいは軟らかくする様々な方法を試した。その岩を迂回しようともしたが、岩が大きすぎてだめだった。掘ることに疲れ、水位をさらに上げることを諦めた。それでも、家の方向に流れる水路ができ、涸れ川に鉄砲水が流れるたびに水路の流れは増した。彼は涸れ川の両側にナツメヤシや樹木を植えて、色々な木や植物を栽培できる小さな農園を開墾した。

彼は水路を掘りはじめた当初から入り口を広く開けて、背を曲げずに立ったままトンネルの中を歩けるようにしておいた。体格のいい男でも余裕をもって通れるだけの幅もあった。

この広い水路を水がいっぱいに満たすことを期待していたが、頑固な岩の硬さのせいで、彼が長年かけて開けた穴はそのままになった。

青年はその水路のずっと奥の岩の上に開いた小さな隙間から、地中を流れる水の音を聴くことができた。水脈はその岩に塞がれていたのだが、彼は死ぬまでその岩の扉をこじ開けられなかった。

彼の子孫はその岩に無関心なまま村を継承した。彼らの主な関心は羊の群れを増やすことにあった。

周りの牧草地は羊たちに充分な餌を与えてくれた。そこから彼らは必要なミルクやヨーグルトやバターや肉を手に入れた。穀物は何頭かの羊と物々交換して、一年分を手に入れた。

イブラヒーム・ビン・マフディーは彼らから農園を購入しようと試みたが断られた。彼らは土地を一寸たりとも譲ろうとしなかった。ある年老いた男が代理人を任されていたのだが、イブラヒームは彼を説得して土地を売らせることができなかった。だが男は手短に別の提案をした。

「土地を借りたいなら、どこでも好きにしな。だがぜったいに売らん」

イブラヒームはその提案を気に入り、収穫の三分の一を彼らに与えて、残りは自分の取り分にすることで合意した。男はその提案に二つ返事で応じたが、それというのも村は活力を失い、誰にも剪定されずに枝が密集している高くそびえたナツメヤシ以外、樹の一本も植えられていなかったからだ。村を再生させようという提案は、大きな利益になった。

イブラヒーム・ビン・マフディーはガーファタイン村で三年過ごした。村人たちと収穫物を分け合い、自分の取り分の余りを彼らに売った。だが彼は自分に相応しい家を建てようとは考えず、村外れにある地下水路の出口近くのクロウメモドキの木の下に住み続けた。その三年は豊穣で、水位は一定の高さに保たれ、彼の耕作には十分すぎるほどだった。

ムラサキウマゴヤシと大麦を栽培し、羊の餌として地主たちに格安で売った。彼ら以外に買い手はいなかったし、彼の関心はお金ではなく、農地そのものにあった。彼の大きな夢は、農地を再生し、瑞々しさを取り戻して、あらゆる方向から緑に覆われ、完熟した果実が垂れ下がるのを目にすることだった。

旅行者や行商人はめったにこの村を通らなかった。だから彼は世間の情報や村の外で起きていることにうとかった。それにこの頃の彼は人付き合いをして世間話を長々と交わすのは性に合わなくなっていた。恨みや噂や争いを避けて、村人たちから距離を置いていた。よそ者として、農地と耕作に没頭していたのだ。

この二ヶ月、イブラヒーム・ビン・マフディーは病を患い、体がとても弱って農地で働き続けることができなくなった。力が抜けて、ガーファの木の下にぼんやりと座り、一日を過ごすようになった。ある時その場をたまたま通りかかった行商人に行き先を訊いたところ、目指す村々の中に彼の故郷の村があったので、妻に自分のところに来てほしいという伝言を託した。何年もの間、アーセヤが彼の脳裏をよぎることはなかった。遠い村に独りぼっちで置き去りにした妻がいるということを、彼は長い間思い出さなかった。彼の頭は耕作する音でいっぱいだった。水のせせらぎと農地を耕す鋤の音しか聞こえなかった。この数年、彼はただ憑かれたように生きてきて、妻の何もかもを忘れてしまった。病で動けなくなってようやく、彼女の姿が記憶の堆積の中から蘇った。

彼は魂にぽっかり穴が開いたように感じた。胸と腹に挟まれた体の真ん中に大きな穴が開き、彼が置き去りにしてきたものを窓のようにそこから覗かせていた。そこに妻の姿がくっきりと見えた。崩れ落ちた水路の縁にしがみつく溺れた者のように、彼はその姿にしがみついた。

第四章

「お水、お水」

地面に倒れた子どもに彼女は急いで駆け寄り、抱き上げる。

「神の御名によって守られますように、神の御名によって守られますように」

彼は倒れた場所を指差しながら繰り返す。

「お水、お水」

喉が渇いていると思い、コップに手を伸ばして水をいっぱいに入れ、彼に与える。ところが彼は首を振り、もう一度同じ所を指差しながら繰り返す。

「お水、お水」

彼女の腕から逃げ出し、素早く走って身を屈め、地面に耳をピタリとつける。暗闇を凝視する人のように目を細め、まるで地の底から誰かに呼ばれているかのように耳を澄ましている。

落ち着きと安らぎを顔に浮かべた彼を黙って見守る彼女の目からは、気づかぬうちに涙が溢れていた。眉毛のすぐ上で切り揃えられたサラサラの前髪が額にかかる、彼の細い小さな顔を彼女は見つめた。彼に向かって一歩も踏み出すことができず、その場にじっとしていた。何かに取り憑かれて病気になったのではないかという不安が、彼女の心を占めていた。無意識のうちに、鬱血しそうなほど強く、手首の周りにスカーフを巻きつけていた。どのくらいそうしていたのか、神様にしか分からない。とにかくその間、彼女は遠い過去に想いを馳せ、様々な出来事や物語を思い起こしていた。彼女の脳裏にはたくさんの面影が浮かび、記憶の中で様々な顔が入り乱れた。暗い部屋へ僅かな光が忍び込むように、自分の母親の顔が徐々に頭に浮かんできた。母親の笑顔は、長年、閉じられたままだった彼女の心の中の箱を開けた。だがすぐに母親の顔はかき消え、我に返って子どもを見つめた。子どもは同じ所にじっとして目を閉じている。次の瞬間、彼は目を開け、彼女を見て微笑んだ。

彼女はこらえ切れず、泣き崩れた。地面に横たわり、激しく泣いた。子どもが立ち上がり、静かに彼女の方へ歩いた。それからハイハイして、泣き続ける彼女の胸の中に入り込んだ。彼女は慈しみと愛情を込めて、彼を抱きしめた。

彼女の目の前で彼がそうした振る舞いをしたのはこれが初めてだった。周りには誰もいなかったし、誰にも話さなかった。村人たちの関心を惹き、口の端に上ることのないよう、その秘密を伏せた。井戸のほとりで生まれて以来、人々が彼を恐れているのは分かっていた。

彼女が子どもを連れていると、村の女たちがどんな風に彼を見るか、どんな風に陰で厄払いの文句を唱えたり、神の名を唱えたり祈ったり、悪魔を呪ったりしているか、彼女は知っていた。彼女は女たちを軽蔑し、女たちがわざとらしく優しさや愛情を示すのも軽蔑していた。誰かが子どもの頭を撫でたり頬にキスしたりしはじめると、内心でその女を呪い、手や口で攻撃しないよう自分の気持ちを抑えつけた。その女に微笑みかけながら、目玉を抉りだし、自分の爪を彼女の首に突き立てたくなった。

女たちと会うことが段々と怖くなっていったものの、村人同士の訪問を完全に断つことはなかった。それは欠かせない義務だった。かわりに子どもが大きくなり、自立できる年齢になるまで、訪問を徐々に減らすことにした。

どんな話も心の中に留まっている限りは小さいままだが、村人に見つかったが最後、どんどん広がって大きくなる。これは彼女が経験から学んだことだ。人々は新しい噂話を吹聴し、根も葉もない奇怪な出来事をでっちあげることにしか興味がないのだと、ついに彼女は得心するようになった。

カーゼヤ・ビント・ガーネムは、まるで隣にいる誰かに話しかけるように、あるいは長く帰りを待ち続けている男に話しかけるかのように、こう自分に言い聞かせた。彼女はそういう村人たちのせいで、自分の幼い子どもに何かあったらと心配でならなかった。彼はこのような国で、人と違うということの危険性をまだ理解していないのだ。

最初の頃は、幼いサーレム・ビン・アブダッラーのこうした様子を知る者はいなかった。カーゼヤ・ビント・ガーネムは彼の父親にだけこの秘密を打ち明け、誰にも言わないよう注意を促した。ところが父親のアブダッラーはカーゼヤの言葉を笑い飛ばし、子どもなら誰でも意味なくふざけてやるような他愛もないことを、大袈裟に気にしすぎだと思った。

しかし子どもが九歳を過ぎた頃、父親の目の前で同じことが起きた。その日彼は、牧草を探しに遠くの涸れ川まで息子を連れて旅に出た。少しの湿った土さえないその不毛な涸れ川で、二人は濃い陰を広げている大きなガーファの木の下に座って休憩していた。子どもが地面に頭を伏せ、耳をピッタリとつけて小さく呟きはじめた。ガーファの幹が生え出て、地中に根を張っているその場所で、岩盤の奥から響いてくる音を聴き取れるよう、周囲が完全に沈黙することを望んでいるかのようだった。そう、アブダッラーは見たのだ。子どもが目を瞑り、「水、水」と静かに呟くのを。

父親はその光景に驚き、息子が耳を澄ますのをやめさせて、その状態から引きずり出したくなった。大雨が降った後、涸れ川の岸辺に低木が芽吹くように彼の心に疑念が芽生えた。彼は息子に尋ねた。

「水を飲みたいのかい？　なら、木に革水筒が吊るしてあるよ」

子どもは目を開けて父親に微笑みかけながら、首を横に振った。それから再び木の幹と涸れ川の岩盤の間にある何ものかに耳を澄ました。父親の我慢が尽きた。というよりもむしろ、恐れと悪い予感が大きくなり、胸にのしかかった。胸と胃袋の間に突然入り込んだ空気のように、不安が繊細な胸膜を圧迫しはじめた。即座に彼は叱るように息子に言った。

「その場から起きなさい、お前に何があったんだい？」

子どもは父親の言うとおり、起き上がって言った。

「水だよ。地中の水の音が聞こえるんだ」

耳が炎症を起こすと、耳鳴りがするということをアブダッラー・ビン・グマイエルは知っていた。それは人によって異なり、ある人にはガサガサするような音に聞こえ、別の人にはピーという笛のような音に聞こえたりして、中には微かな水音に聞こえる人もいるらしい。そこで、自分が今見たものは子どもが耳を患っているのが原因だと判断し、耳の中を覗いてみることにした。近くに来て、自分の脚に頭を乗せるよう息子に求め、耳の中を覗いて見たが、何もない。垢が詰まっているわけでもなければ、虫が耳の入り口に引っかかって音を立てているわけでもない。原因になりそうな水滴も見当たらない。

「お父さん、地中の水の音が聞こえるよ」

子どもが座りながら父親を見て言った。

「それは耳の痛みだよ。風邪を引いたのかもしれない」と父親は微笑んで言った。

子どもは黙って何も答えず、周りの山々の頂を眺めた。一瞬にして、周囲の岩や昆虫や鳥に興味が移り、同じ場所から聞こえている音のことは完全に忘れたようだった。

アブダッラー・ビン・グマイエルは両脚を砂利の上に伸ばし、食糧を入れた袋を枕にウトウトしはじめた。帰宅するにはまだ早い時間帯だった。辛い空腹に耐えた後の昼食のように、彼はその眠りをむさぼった。それほど長くは眠らなかったが、溌剌とした気分で目覚めるには十分だった。彼は涸れ川を下りながら牧草探しの旅を終え、村へと戻っていった。寝ている間に何かが起きたが、それを思い出したのは随分と時が経ってからだった。

子どもが小石で小さな村を作り、そこに隣の池から流れ込む水路を掘っていた。水路は小径や横丁の間を延び、緑豊かな農園に注ぎ込んでいる。農作物は涸れ川の岸に生えていた野草の茎で表現してあった。父親が深い眠りに浸っている間に、彼は村づくりに没頭し、父親が目覚めたことにも、この場所から立ち去ることにも、関心を示さなかった。家に戻ることなど、どうでもいいようだった。

「立ちなさい、家に帰ろう」

しかし父親の言葉に耳を貸さず、サーレムはその場にじっとして、目の前の別世界を見つめていた。アブダッラー・ビン・グマイエルが歩き出そうと立ち上がり、息子もその場から立ち上がるのを待っていた時に、彼の体がピクリともしないことに気がついた。呼吸が止まったかのように手足が凝固まり、微動だにしない。

父親は息子に近づき、肩に手を置き優しく揺すった。すると彼はハッと気づき、父親の顔を見た。その時、父親は息子のとろんとした両目の中に、説明のつかない何かを認めた。それは小さな子どもではなく、齢を重ねた老人の目からしか発せられないような眼差しだった。息子の滑らかな顔が皺で覆われたような気がした。

子どもは塵を払い落とすかのように頭を振ってから、父親に手を伸ばした。父親はその手を引いて、村の方向に歩きだした。

アブダッラー・ビン・グマイエルはその時のことを気にかけなかったが、かなり後になってから思い出し、額を掌で打ちながら言った。

「そういうことか！」

彼はいつものように集会場の端っこに黙って座り、人々の噂や日々のあれこれに耳を傾けていた。村を去った人や帰ってきた人の消息など、たくさんの話が交錯し、様々な声が彼の耳に響いたが、壁にもたれた彼の頭は何も理解していなかった。

彼が集まりに参加するたびに、皆は彼の方を振り向いた。彼は話に加わることなく、濡れるのを避けるように、あるいは火から身を守るように、手足をまるめて体にくっつけ、独りで縮こまっていた。その間めったに口を開かず、うっかり一言か二言か喋っただけで、帰宅した男たちは妻たちに、今日はアブダッラー・ビン・グマイエルがお喋りだったと伝えるのだった。

彼は妻を亡くしてからずっとそんな状態だった。畑仕事を終え、一口か二口、昼食をとるために帰宅して、正午過ぎ《ズフル》の礼拝の後は午後《アスル》の礼拝まで、話に加わるそぶりも見せず、人々の話を聞きながら集会所で過ごしていた。

時々、集まりの中の一人が話を中断し、アブダッラー・ビン・グマイエルが答えてくれると思って質問を投げかけても、ビン・グマイエルは彼を見て眉間に皺を寄せ、一言も発することなく俯くだけだった。

ウトウトしている間に咽喉の奥からイビキが出ることもあるが、ほとんど聞こえないくらいの大きさだった。そうして彼は、午後のお祈りをするために誰かに肘でつつかれるか、不安な夢を見てはっと目覚めるかするまで、眠り続ける。そして充血した目でその場にいる人たちを一瞥してから、また居眠りに戻るのだった。

そんなある日、一人息子と一緒に出かけたあの小旅行のことを思い返していた時に、全ての記憶が蘇った。地面に耳をピッタリつけていたこと、「お水、お水」と繰り返していたこと、居眠りをしていて、息子が作った村の水路が流れる音で目覚めたことも。

何もかも思い出した彼は、「そういうことか！」という一言だけを発してから、またいつものだんまりに戻った。

父親はサーレムのこうした様子を村人たちに知られるのを恐れたが、ついに知られるところとなり、カーゼヤ・ビント・ガーネムが恐れていたとおりのことが起きた。

彼女はある朝、村境にある農園に出かけた。サーレムが彼女の後を追い、彼女の早歩きに追いつこうとした。この朝の遠出の間、彼女は二、三回しか彼の方を振り返らなかった。涸れ川の岸に生えたクロウメモドキのところで一人の女と出くわしたカーゼヤは、立ち止まって声をかけ、世間話をはじめた。その間、クロウメモドキの幹にもたれた子どもは、小さな棒で砂をいじっていた。二人の女が話に夢中になっているうちに、子どもは頭を傾げて根元の地面に耳をピッタリつけて、そういう状態に入るといつも繰り返す言葉を囁きはじめた。

「水、水」

女がサーレムの方を振り返った。闇夜が突然広がったかのように、カーゼヤの表情が曇った。もはや女の姿は目に入らず、その話も耳に入らなかった。女をその場に残して子どもの方へ急ぐと、手を摑んで引きずりながら、谷間に姿を消した。

噂が広がった。乾燥させたヘチマの束から出た火が、微風にあおられて樹木や農作物に燃え広がり、あっという間に火の手が回って、何もかも燃やし尽くすように。

「アブダッラー・ビン・グマイエルの息子は、地中から何かが聞こえるそうだ」

女は自分が見たものを、道で出会ったあらゆる人に話した。話は膨らみ、捻じ曲げられ、元の話からは程遠く変えられてしまった。

「地底人に話しかけられている」と言う人もいれば、「ジンの子に違いない」と言う人もいた。

人々は彼の母親の溺死事件を思い起こし、地底世界にいる井戸の住民が彼女の胎児を奪い取り、自分たちの子どもの一人と取り替えたと噂した。

彼を魔法使いだと疑い、大きくなったらまずは大人に、それから子どもにも魔法をかけるだろうと言う者もいた。

こうした噂は人々が彼とカーゼヤ・ビント・ガーネムを避けるようになるのに十分だった。カーゼヤは彼の秘密をはっきりと知っていながら、地底世界の住民に発言を見張られているために、村人にはそれを隠していたのだと疑われた。

村の女たちは道で彼女と出くわさないよう、避けるようになった。横丁やナツメヤシの林やどこかの谷で彼女を見かけると、無視して通り道を変更した。彼女たちの口からは、思い出せる限りの邪視や魔法やジンから人間を守るお祈りや厄払いの文句が、溢れるように呟かれた。

カーゼヤは女たちに様々なあだ名をつけられた。「ノコギリ」、「ハイエナの飼い主」、「牙で齧る女」、「水を涸らす女」。他にも散々あだ名されたので、心からの親しみを感じてくれている人の家しか訪ねなくなった。

ある日彼女は水路に架かる橋で、頭の上に水をいっぱいに満たした容器を載せた少女と出くわした。すると容器が滑って少女に水がかかった。少女は恐怖で体を震わせて、不安な目でカーゼヤを見つめながら、心の中で神に祈り、厄払いの文句を唱えた。

人々がカーゼヤの超能力を信じるには、この出来事で十分だった。

また別の日には、角が曲がった大きな山羊を力まかせに引っ張っていた羊飼いが彼女とすれ違い、彼女が通り過ぎた瞬間、山羊が地面に倒れて死んでしまった。羊飼いは動かなくなった山羊を抱いて泣き喚いた。「俺の一生が台無しだ、山羊を殺された」

しかしカーゼヤ・ビント・ガーネムは彼に耳を貸さず、振り返ることもなく静かに通り過ぎ、村の道に消えていった。

羊飼いは「あの女が山羊を目で撃った。その瞬間に死んじまった」と部族長に訴えた。

部族長はカーゼヤを呼び出し、羊飼いの前で問いただした。「この男はお前さんが山羊を目で撃ったと言っている。お前さんには目があるのか？」

カーゼヤは返事の代わりに、部族長をじっと見つめた。部族長の顔色が変わり、両目に恐怖が滲んだ。彼女に魔法をかけられないよう、神の加護を求めて祈った。それに気づいた彼女は笑いだしそうになったが、それをこらえて両目を大きく見開き、言った。

「私に目があるかですって？　私には目が一つしかないとでも？　いいえ、私には目が二つありますよ。こんなきれいな目が二つ、見えるでしょう？　これが私の目ですよ、見えるでしょう？」

部族長はその場で固まって、一言も発せなかった。彼女は背を向けて彼の集会場から出ていこうとした。敷居を越える前に彼女は彼に言った。

「山羊は窒息死したんですよ」

カーゼヤ・ビント・ガーネムは言う。「そうなったらどうしようと怖がっていた事がいざ起きたら、開き直れるものね」。実際、そのとおりになった。彼女は長い間、秘密を隠し持っていて、誰かに気づかれないか、うっかり漏らして人々に知れたり口の端に上ったりしないかと恐れていた。それが風に乗って山麓を越え、遠くの村々にまで運ばれて、自分と子どもがあらゆる人々からのけ者にされたらどうしよう。

窮地に陥って秘密が暴かれ、のけ者にされて言いたい放題言われるようになると、彼女は恐怖の灰の中から復活し、他人に恐れられる今のような強い人物になった。

彼女の中の恐怖心が大きな安心に変わると同時に、人々の胸の中で恐怖が膨らみ、ひ弱で怖がりの老婆である彼女が、村のどの通りでも、堂々と威厳たっぷりに歩けるようになった。

アブダッラー・ビン・グマイエルの方はといえば、村人たちから「浮世離れ」とあだ名され、魔女が彼の妻を食い殺し、自宅と息子を奪ったのだと噂された。彼は従順な家畜のように魔女のために働き、時折、命令されては山の洞窟に人間を連れていく。二人きりになったところで魔女はその犠牲者を次々と食い殺すという話まででっち上げられた。こうした噂がビン・グマイエルの耳に届いても、彼は全く気にすることなく、早朝から正午まで、果樹園の仕事に精を出した。

カーゼヤ・ビント・ガーネムが五歳の頃、父親は家出し、涸れ川や村々のあいだを放浪するようになった。肩から太鼓をさげて太いバチで静かにゆっくりと叩く。叩く合間に物語を一つ語れるほどの間隔で。

昔から日干し煉瓦の家の梁に掛かっていたその太鼓は、「ラハマーニー」と呼ばれていた。カーゼヤの父ガーネムは幼い頃からそれをよく眺めて観察していたが、触ったことはなかった。その理由は彼の父親が、「一生、好きに暮らしてかまわないが、これだけは触るな」と警告したからだった。

ガーネムは結婚して三人の娘を授かった。その後、父親は亡くなった。埋葬の後、悲しみに暮れ、黙って帰宅したガーネムは、梁に掛けてある太鼓の前に座った。何日も何日も見つめている間、胸中に太鼓の音が響き、胸を震わせた。「おいで」と呼び寄せられているようだった。

ある日の朝、ガーネムは太鼓を外して手に取り、バチを掴んで家を出たまま二度と帰らなかった。履いていた革靴は歩き過ぎてボロボロになり、千切れてしまった。それからガーネムは裸足で歩くようになり、両足に負った傷やひび割れも気にしなかった。真っ白だった服も破れ、毛髪は逆立ち、両目の瞳孔が開いて、口の中は白い泡でいっぱいだった。行く先々に彼の悪臭が漂った。

妻は彼を捜して近所を歩き回り、彼が友人たちといつも通っていた場所をことごとく訪れた。村の横丁や谷や山、近くの村々にまで捜しに行った。そしてついに、夫が肩からあの太鼓をさげて叩き続けながら、休むことなく砂漠や山々を越えてさ迷い歩いているという噂が本当だと確信した。

こうしてカーゼヤの父親は姿を消し、消息が途絶えた。彼も太鼓も見つからず、デーツに赤蟻がたかるように、噂だけが膨らんだ。

サーレム・ビン・アブダッラーは以前と同じようには他の子どもたちと遊べなくなった。彼にはその理由が分からないまま、皆に避けられるようになった。子どもたちが母親たちに彼に近づくなと注意され、一緒に遊ぶのをやめるよう命令されたことを、彼は知らなかった。

自分の家の前に座っている体の不自由な女の子だけが、彼が通りかかると手で挨拶し、笑いかけてくれた。

彼は一度、その女の子に近寄ってみた。すると彼女は彼にデーツを差し出した。彼が受け取ろうと手を伸ばした途端、家の中から怒声が聞こえ、大きな頭と鋭い声の浅黒い女が出てきて彼を叱り、その場から追い払った。

それを見ていた女の子が泣きだし、彼は自分の家を目掛けてひたすら走った。女の子の泣き声と母親の怒鳴り声が耳の中に響いていた。

その後、女の子は彼の夢に何度も現れるようになった。笑顔を輝かせながら近づいてくる。夢の中の彼女は自分の足で歩き、彼の周りで踊りながら、たくさんの歌を次々に歌ってくれる。

夢の始まり方や内容は毎回違っていたが、終わり方はいつも似ていた。女の子は踊っている途中で暗い井戸に落ち、井戸の底から彼女の叫びや泣き声が聞こえてくる。暗闇が消えて井戸の中が見えるようにならないかと思いながら、彼は井戸の縁からしばらく覗き込む。そうしている間に井戸の縁から恐ろしい顔が飛び出し、彼は怯えて叫び声を上げる。そうして魂を恐怖に摑まれた状態で目を覚ますのだ。

間隔を置きながらしばらく続いたそんな夢を、彼はある時からピタリと見なくなった。数年後、女の子が入り口に座っていた家の前を通りかかると、扉に錠がかかっていた。中の音が聞こえるかもしれないと思い、ドアに近づいて耳を澄ましたが、シーンと静まり返っていた。

十歳になったサーレム・ビン・アブダッラーは、地下水の音に耳を澄ますのをやめた。人々が彼を怖がるのはそれが原因だと分かったからだ。表向きはその趣味をやめたものの、相変わらず一緒に遊んでくれる子はいなかった。

毎朝起きるとクルアーン学校へ行った。カーゼヤ・ビント・ガーネムが「バフシャ」と呼ぶ布製の袋に自分のクルアーン本を入れて、周りの音を楽しみながらゆっくりと歩く。木から木へ飛び移る小鳥のさえずり、木の葉がこすれ合う音、ナツメヤシの葉の端を歩くネズミの足音、巣穴に入ろうとする蛇の這う音、壁の向こう側から聞こえてくる呟き。高熱に苦しむ病気の子どもの押し殺した泣き声や、牧草の間を掘り返す音が聞こえることもあった。

こうした物音があらゆる方向から彼の耳に引き寄せられてくる。彼はその物音を分析し、要素に分解するのが好きだった。聞き慣れない物音が耳に入ってくると好奇心をそそられて、その音の背後にあるものを想像しはじめる。

一歩とその次の一歩の間、動きを止めて身構える、そのごく短い僅かな時間に、物音が彼のもとに届く。耳の周りに広がる波紋のようにその音を感じ取る。その美しさに魅了され、実在の世界から離れていく。感覚の世界、混じりあう音の世界によって、自身の甘美な内奥へと引き込まれていく。すると自我が自分から抜け出して、その音を探して至るところを旅するのを感じ、自分が集めた音の本質を完全に把握できるようになるのだった。

聞き慣れない音を発見すると、彼はこのお気に入りの遊びを開始する。すると沈黙が突然広がって、周りの音がことごとく静まり、他の事物は動きを止めて無音になる。秘められた彼の空白の場所から聞こえてくる、あの微かで不思議な音しか残らない。

だがこの朝の散歩も、時折の嫌がらせを免れなかった。朝から彼の顔を見るのは縁起が悪いと、傷つく言葉を女に吐かれたり、「溺死した女の息子だ」と叫びながら少年に石を投げられたり、不機嫌な男が家から出てきたところに出くわし、知る限りで最も下品な罵り言葉で怒りをぶちまけられたこともあった。まるで彼が皆の不幸や心の傷の責任を負い、災いや失敗の原因であるかのようだった。

最初の頃は、母親代わりのカーゼヤ・ビント・ガーネムに、道中出合った全ての出来事を伝えていた。彼女は心に溜めた憎しみを呼び起こし、村人たちの非道さについて語り、彼を慰めた。そうした彼女の言葉はますます彼を傷つけ、怒りを掻き立てたから、彼は彼女に話すのをやめ、そうした出来事は今に過ぎ去るだろうと思うことにした。むしろ時が経つにつれ、自分の身に起きていることは貴重だと感じられるようになり、それを楽しむようになった。人々が自分を嫌い、不当に扱うのは、周りの物音を聴き分けられる彼の傑出した能力を認めているに他ならないと理解したためだ。木の幹をよじ登る蟻たちの足音でさえ、彼には聞こえるのだから。

あるヨサーレムは、先生に鉄のような拳で首根っこを摑まれ、背中や手足を杖で打たれた。彼は痛みで泣き喚き、何もしていないからやめて欲しいと懇願した。だが目をギョロつかせた先生は、打つ手が疲れるまでやめなかった。

サーレムは泣きながら地面に倒れたが、怒りに満ちた先生の怒鳴り声は収まる気配がなかった。先生の言葉はサーレムに向けられていると同時に、生徒全員に向けられていた。

その事件が起きたのは、サーレムの直ぐ後ろに座っていた二人の男子によって仕組まれた陰謀のせいだった。先生はクルアーンの一節を読み、その後に続けて子どもたちが繰り返した。子どもたちの頭にしっかり定着するよう、同じ一節を何度も読み返した。子どもたちの輪の真ん中に座った先生は、次の一節に移るたびに、顔を別の方向に向けるか、体全体の向きを変えるかした。先生がサーレムのいる方に背中を向けた時、一人の子どもが石を拾って先生に投げつけ、頭に当てた。痛みと驚きでしばらく身動きが取れなかった先生は、輪の真ん中で倒れそうになるほどふらついた。

痛みと怒りで真っ赤になった両目で石が投げられた方向に振り向いた先生は、二人の男子がサーレムを指差しているのを見た。何が起きたかサーレムが理解する前に、先生の杖が彼の体に振り下ろされた。

サーレムはカーゼヤに泣き顔を見せたくなかったので、わざと帰宅を遅らせた。滝のところに座り、痛みが治まって泣いた痕が消えるまで、水を掌で掬っては顔にかけた。その帰り道、自宅の玄関前に立って彼に優しい眼差しを送る少女を見つけた。褐色の肌にカールした髪、真っ黒な瞳のその少女は、おそらく彼と同じくらいの年齢だった。彼は足を止め、呆然と彼女を見つめた。

杖で打たれたことを忘れるよう、天から与えられた神様の贈り物だ。山々を覆う砂煙が突然消え、辺りが晴れ渡るように、彼の体から痛みが消え去った。今朝彼に起きた出来事の全てが、時々彼の眠りを妨げる悪夢の一つに過ぎなかったように思われた。

なんという贈り物だろう！　彼と同じ背丈の褐色の少女。あるいは彼の方が少しだけ背が高いかもしれない。彼を怖がることも、神の御名や悪魔払いの文句を唱えることも、不安と躊躇の眼差しで彼を傷つけることもない。その代わりに彼女の顔はたった今、花開いて辺りに芳香を放つ野の花のようだった。

第五章

サーレム・ビン・アブダッラーは村の通りでサラーム・ワッド・アーモールに出くわすと、彼に引き寄せられるような絆を感じた。彼の顔や目には興味を惹く得体のしれない何かがあったが、その不思議な引力の正体が分からないまま、サーレムは彼を畏怖し、近づこうとはしなかった。

ある時サーレムは、ボサボサの白髪、モジャモジャのあごひげ、両唇を覆う大きな口ひげ、火花を散らすほど真っ赤な目の男に時折出くわすことがあると、母親代わりのカーゼヤ・ビント・ガーネムに話した。

カーゼヤ・ビント・ガーネムは彼の口ぶりを笑い、その男はワアリーこと、サラーム・ワッド・アーモールだと教えた。そして、ワアリーより豪胆かつ心根の優しい男はこの村、いやこの世のどこにもいないと力を込めて言った。

「あの男はお前のお母さんを井戸から引き上げた人なんだよ」

彼の母親はあの深い井戸で溺死したこと、勇敢な男が恐れず彼女に辿り着き、底から引き上げたことはすでに伝えてあった。

サーレムが男の正体を知ったと分かるや、カーゼヤの口は滑らかになり、ワアリーについて知っていることを全部語った。彼女が住んでいたのと同じ横丁で育った同じ年頃の少年だった彼が味わった、恐怖や憎しみや孤児の身の上について、おそらく自分自身に向けて語りだした。幼いサーレムは彼女の話の大半を理解できないまま、黙っていた。

七歳の頃、サラーム・ワッド・アーモールは病に倒れた。重い病気を患い、母親は我が子を治すために何をすれば良いのか分からず、途方に暮れた。ある女が言った。

「魔物に呪われたんだ」

ウンム・スブヤーン［「子どもたちの母」を意味する魔物。「子守」とも呼ばれ、アラブ湾岸諸国で子どもに害をなすと信じられている］という魔物から救うには、クルアーンを唱え、御守りを掛けるしかない。サラームの母親はスワイダーン・ビン・フセイン翁に助けを求めた。彼は黄色い水が入ったカップに向けてクルアーンを唱え、それを子どもに飲ませるよう言った。しかし子どものうわごとは止まらず、さらに高熱が出たので、母親は我が子を背負い、スワイダーン翁を再び訪れた。

彼の前に子どもを下ろし、泣きながら言った。

「息子は魔物に病気にされた。薬も処方箋も効かない。息子は死んでしまう」

スワイダーン翁は子どもを自分の前に寝かせて、小さな体に手を這わせた。子どもは身を震わせてうわごとを呟き、熱い息をしている。スワイダーン翁は言った。

「水路の水で体を洗ってやれ」

母親は子どもを水路に連れていって体を洗い、寝具も服もすべて洗ったが、効果はなかった。その夜、息子が死にそうに息を切らしているのに気づいて母親は目が覚めた。近くに座り、泣いたり嘆いたりしながら、出稼ぎで不在の夫に呼びかけた。

「アーモール、帰ってきて頂戴。あなたの息子が魔物に病気にされたのよ」

丸一ヶ月の間、ワアリーは高熱に襲われ、汗と震えが止まらなかった。薬も御守りも効果はなく、母親は自分の村や隣の村の占師や治療士をことごとく訪ね歩いた。

ハンマース師は砂を投げつけると、「村の真ん中の、涸れ川の端の方に生えているクロウメモドキのところで、大地がこの子を呑み込んだ」と押し殺した声で言った。母親のサビーハは不審そうに見つめながら言った。

「ハンマース様、息子は行方知れずではありません。家で病に臥せっています」

ハンマース師は頭を左右に振り、両腕を広げ、戸惑った顔で言った。

「砂がそう言っておるのだ」

ハンマード・ブー・ダハバがお香を吸い込むと、彼の友であるジンが呼び出され、大きな鼻腔から煙を吸っている彼の頭を揺り動かした。彼は立ち上がると、魔物たちの谷まで歩いて入り、白くて硬い大岩の前に立って彼女に言った。

「お前の息子はここにいる。この中に。この岩に幽閉されている」

サビーハはジンの長老の友であるブー・ダハバの言葉を疑いながら、硬い岩肌を触った。彼は年老いてしまったのだろうと彼女は思った。

ある日の朝、息子は突然、長患いから快復して目を覚ました。病は消え、健康を取り戻した彼に、母親は朝食を差し出した。ぺろりと平らげた息子は黙ったまま母親を見つめた。何も言わない息子に、お腹いっぱいになったかいと母親が訊くと、彼は首を横に振った。母親は立ち上がってもう一回朝食を用意した。目の前に差し出された食事を、彼は息つく間もなく貪った。

サビーハは我が子が快復して食欲が出たことを喜んだが、彼は充血した目で瞬きもせず、彼女の顔をじっと見つめ続けた。彼女はまた立ち上がり、デーツをいっぱいに盛った皿を持ってきた。すると彼は種を取り出しもせず、あっという間に平らげた。

彼はまた頭を上げて、例の眼差しを彼女の顔に向けた。その眼差しに彼女の心はざわめいたが、不安を払い除けて、牛乳をお椀いっぱいに用意するために立ち上がった。彼が飲んでいる間、ゴクゴクと飲み込む音がはっきりと聞こえた。それから彼はまた彼女の方を見た。出せるものがないか家中探し回ったが、牛乳の入った甕しか見つからなかった。彼女がそれを手渡すと、彼は中身をすべて腹に流し込んだ。彼女は黙って彼を見守った。

子どもは一言も発することなく、出されたものをことごとく平らげていった。何日も何週間も食べ続け、家にあったデーツも、塩漬けされた肉も食べ尽くした。母親は飼っていた鶏を一羽、また一羽と潰して食べさせた。米も食べ尽くし、貯蔵していた小麦粉も穀物も彼の腹の中に消えた。彼は食べて食べまくり、ついに何もなくなった。仕方なくサビーハは村の店へ出かけ、買えるだけ買って家に戻った。調理して食べさせても、子どもの空腹は満たされず、いくら食べても体に何の変化も現れなかった。

ある夜、彼の隣で眠っていた母親が突然目を開けると、彼が枕元に座り込み、充血した目で彼女を見つめていた。その真っ赤な両目は燃えた炭火に似ていた。母親は恐怖で手足を震わせながら起き上がり、ドアの方に駆け出して、転びそうになった。振り向いて彼を見ると、まだあの燃えるような目で彼女を見つめていた。

彼の目はずっと彼女を追いかけていた。家の中を歩き回っている時も、牛舎に入っている時も、一挙手一投足を見ていた。彼女がドアの方を振り返ると、彼はいつもそこに立って、自分の顔を凝視していた。調理したり、庭の掃除をしたりして、彼のことをしばらく忘れて考えないようにしようとするのだが、彼の方を盗み見るたびに、その目が彼女を震えあがらせるのだった。

時々、彼の隣に座り、会話を引き出そうと、物語を作って聞かせたりもした。だが彼は何も聞こえないかのように硬い表情のままで、名前を呼んでも返事をしない。自分を追い回す彼の両目や、彼を襲った奇妙な沈黙がもたらした苦しみを和らげるために、彼女は実際、ありとあらゆる方法を試した。

胸に広がり、手足を震わす恐怖で、幾度目覚めたことだろう。一度など、深い眠りについていた彼女が胸に重たいものを感じて目を開けると、彼が自分の上に乗って見つめていた。恐怖に怯えながら叫んで起き上がり、床に転げ落ちた彼の長衣《ディシュダーシャ》を摑んで体を引き上げた。そして関節がバラバラになるほど強く揺すぶりながら叫んだ。

「お前は誰だ？　お前は誰だ？　息子はどこ、息子はどこなの」

彼女は何ヶ月もの間、体を揺らして泣き続けた。そして近所の女たちに、自分の息子はいなくなって戻ってこない、家にいるのは知らない子だと訴え続けた。

その考えを変えさせようとした隣人や知人の努力は、全て失敗に終わった。彼女はいなくなった我が子のために泣いたり嘆いたりし続け、村の中の妬み深い人たちや魔法使いやジンを呪った。全員が彼女に敵対し、結託して、息子はジンのもとに隠されたという明らかな事実を彼女に隠しているのだと言い張った。彼らは息子をジンの子と取り換えた、今一緒に暮らしているのはその子だと言うのだ。

彼女は子どもの世話を完全に放棄した。食事を与えるのをやめ、顔を見るのも耐えられず、毎朝家から追い出した。子どもは村の通りをさまよい、「ジンの子だ」と叫びながら彼を追いかけ回して石を投げたり、髪の毛を引っ張ったりする同世代の子どもたちから隠れるために、日陰に身を潜めた。

近所の何人かが彼を哀れみ、子どもたちが彼にちょっかいを出すのをやめさせようとした。この話がサーイド・ビン・ハミード翁の耳に届くと、彼は横丁に来て近所の人々を集め、自分の子どもたちが彼に構うのをやめさせるよう、助言した。子どもたちは彼に手出しするのをやめ、放っておくようになったが、誰も母親を説得して息子の扱いを変えさせることはできなかった。結局、近所の一人の女が彼の世話をすると決め、食事と衣類を与えるようになった。

皆は遠いところに出稼ぎに行っている父親が戻ってくるのを待った。父親が帰りさえすれば子どもは変わるだろうと話した。ところが父親の不在は長引き、サビーハは自分の夫も共謀して、我が子を隠していると疑うようになった。

サビーハは機会があるたびに村人たちを集め、雨を降らせる前に空の真ん中に広がった暗雲のように、言葉を轟かせた。雨雲さながらに言葉の雷鳴を轟かせた後には涙の雨を降らし、髪を覆ったスカーフを濡らした。それから独り言を呟きながら去っていくのだった。

彼女の状態を知った隣村のムニーラ・ビント・サアドゥーンという女がわざわざやってきて、話を全部聞いてから言った。

「この子は自分の子じゃないと言うのね」

サビーハは女の顔を見つめながら、首を縦に振った。

「息子に似ている？　似ていない？」

「そっくりよ。この子の眉は毛がふさふさだけど、息子のサラームは毛が薄い」

「成長して眉が変わったかも」

「じゃあ、この子の目は？」

「この子の目がどうしたの？」

ムニーラは彼女の言葉にびっくりして、目を丸くしながら訊いた。

「この子の目は血のように真っ赤で、火花のように燃えている。私のサラームの目は黒くて白目は真っ白だ」

「病気になったのかも。目の痒みか、邪視にやられたか。人々の妬みの目は容赦がないから」

「子守が現れた」

「ウンム・スブヤーンのこと？」

「ええ」

「それが彼の目の原因だと？　まだ元気で生きているだけ良かったじゃない」

「それで私の心は？」

ムニーラは首を振り、自分の手をサビーハの手に置いて撫ではじめた。

「あなたの心がどうしたの？」

「私の心は、心の中に住んでいる子を知っている。私の心は彼を見失っている。我が子は盗まれた、この子は知らない子だ、と私の心が言っている」

「あなた、邪視にやられたんじゃない？　息子が生まれたことを妬まれたのかも。自分の子を愛してないの？」

サビーハは泣きだし、ムニーラはまた近いうちに来ると約束してからサビーハの家を出た。村の中にサラームを捜し、見つかった彼の手を引いてサビーハの家に連れ帰った。彼の小さな手を母親の手に握らせて、立ち去る前に彼女に言った。

「ほらほら、あなたの息子よ」

それから彼の正面の地面に座り、顔を眺めて自分の掌で拭った。

「ほらほら、お前のお母さんだよ」

噂では、サビーハ・ビント・ハムダーンが水路で我が子の体を洗っていたある日、見知らぬ老人が通りかかったそうだ。老人は立ち止まり、彼女が水を汲んで幼子の体にかけるのを眺めていた。その場にしばらく佇んでいた彼の眼差しに、彼女は疑わしいものを感じ取ったが、子どもを洗ったり擦ったりするのに忙しかった。ただ、このよそ者の老人が自分に害を及ばさないよう、暗記していたクルアーンの厄除けの二節やお祈りを唱えた。

子どもに服を着させている時、老人が近づいて子どもの名前を訊いた。彼女は沈黙を守り、内心で「神様が試練をお与えなさいませんように！」と呟いた。

もう一度訊いても彼女が答えなかったので、老人は背中を向けて歩みを続けた。だが唐突に立ち止まると、彼女に言った。

「サラーム。その子の名はサラームだな」

サビーハはスズメバチに刺されたかのようにビクッとして、恐怖に震えながら水路のそばから立ち上がった。その瞬間に男は彼女の方を振り返って微笑み、数歩近寄ってきた。それに合わせて彼女は後ろに下がった。彼は彼女に怖がらないよう合図し、去り際に言った。

「彼に弟を産んであげなさい。男の子はジンの子のように一人っ子にしては良くない」

近所の女の家でコーヒーを飲んでいた時、サビーハが自分の額を掌で打った。その場にいた女たちは黙って互いに目配せした。それから一人が言った。

「サビーハには伝えたいことがあるらしい」

彼女がそう言い終える前にサビーハは、皆の目の前で自分の掌を振って言った。

「あの男だわ。私の頭の中に虫を入れたのは」

「何の虫のこと？」

隣の女が尋ねたがサビーハは答えず、自分のコーヒーを飲み終える前に自宅へ駆け戻った。

それからしばらくして、夫が戻ってきた。幼い頃に残して出稼ぎに出た息子のことで、妻を問いただした。

「サラームはどこだ？」

彼女は夫の目を見た。そこには明らかな落胆、自分には関わりのない争いに巻き込まれて敗れた人の落胆が見て取れた。彼女は短く答えた。

「サラームはいなくなった」

一人息子が死んでしまうなど、予想すらしていなかったかのように、夫は息を呑んだ。それから確かめるように囁いた。

「死んだのか？」

サビーハは泣きじゃくりながら答えた。

「ウンム・スブヤーンに襲われて、連れ去られた」

その瞬間、サラームが家のドアから入ってきた。夫は彼女に訊いた。

「この子は誰だ？」

彼女はサラームを指差しながら喚いた。

「この子は息子じゃない。息子は魔物に連れ去られた。この子は彼らの子だ。息子を奪ってこの子と取り替えたんだ」

そして立ち上がって子どもの手を摑み、家の外へ引きずり出しながら言った。

「自分の家族のところに帰りなさい。ここはお前の家じゃない。息子を戻すように伝えなさい」

子どもは彼女の手から逃れようとしたが、彼女はさらに強く握りしめ、もう片方の手を彼の顔に伸ばして引っ掻きはじめた。それから手を離すと、今後は首を摑んで絞めようとした。

夫は子どもの首を固く絞め上げる彼女の両手を解こうとしたが、無理だった。力いっぱい絞めつけられて子どもは息が詰まり、両目が眼窩から飛び出しそうになった。その最中に父親は銃を取り出して、銃床で妻の頭を殴り、床に倒した。

サラームは母親の頭のそばに座り込み、傷から流れ出る血を見ながら、病を患って以来、初めて言葉を発した。

「お母ちゃん、お母ちゃん」

アーモールは床に横たわる妻の体と、泣きながら母親を呼び続ける我が子を眺めて立ち尽くした。

それから家を出ていった。

彼は地方総督《ワーリー》のところに出頭し、妻を殺したと自供した。それから二度と村に帰らず、消息も絶えた。

家族を失い、一人きりになったサラームは、ますます性格が険しくなり、峻険な男を意味するワアリーと呼ばれた。彼は村々を放浪し、誰とも口をきこうとしなかった。毎日、深い涸れ川に行って身を潜め、夜闇が広がってから自宅に戻って眠るのだった。

「食べ物はどこから？」

サーレムが母親代わりのカーゼヤ・ビント・ガーネムに尋ねた。するとカーゼヤは彼の小さな手を取り、自分の掌で包み込みながら続けた。

「私は彼より五歳年上だった。近所同士で家がすぐ隣だった」

カーゼヤは自分の家から食事を運び続けた。昆虫や動物に食べられないよう、厚い覆いをかけてワアリーの家の中に置いた。真夜中、空腹で疲れきって遠出から帰宅したワアリーは、いつものところに食事を見つけ、食べ終わったら空いた食器を玄関の外に置く。彼女は朝それを回収し、彼が不在の時に同じことを繰り返した。

「なぜ彼と結婚しなかったの？」

子どもの質問にカーゼヤは笑いだし、照れて口元を手で隠しながら答えた。

「私がワアリーと結婚する？　ワアリーと一緒になりたくて、一生誰とも結婚しなかったと噂されたいのかい？」

子どもは頭を掻いて、その考えを理解しようとした。誰かの世話を焼いておいて、同時にその人を拒絶なんてできるだろうか？

彼が頭を掻いたのを見て、虱がついたと思い込んだカーゼヤは、虱を探しながら彼を叱った。

「外で近所の子どもたちと遊んできたら、髪の毛を洗いなさいと何回言わせるの」

サーレムはワアリーこと、サラーム・ワッド・アーモールの話を考えていた。父親も母親もなしにどうやって子どもが独りで生きていたのか、想像してみた。特に、自分と彼の間には共通点があった。自分も同じように母親を亡くした。子どもたちの誰かに、お前の母親は頭がおかしかった、ジンが頭に取り憑いていたと、言われたことがある。そうだ、一緒に遊んでいた時に、彼に怒った子がそう言ったのだ。だが彼はカーゼヤにはそれを伝えず、聞いたことは全て自分の中に留めたのだった。

第六章

マリアム・ビント・ハマド・ワッド・ガーネムが井戸で溺死してから十五年が経った。その後起こった大雨と豊穣の影響は数年続き、その間、人々は雲が途切れたとは一度も感じなかった。それどころか空が曇っても晴れても、もはや気にしなかった。地面や山々の割れ目から湧き出した豊富な水をナツメヤシの農園や果樹園に供給し、家畜に飲ませた。水路が生き返り、池の水が溢れ、山々は濃い緑で覆われた。

村には三本の水路があり、村を三等分しながら涸れ川に平行に延びていた。東側からは高い山脈に囲まれ、その向かいの西側には地平線まで開けた土地が延びていた。いくつもの滝が山々から落ちて岩石砂漠の地中深くまで水が浸み込み、クロウメモドキやガーファやアカシアのような大木が育っていた。マリアム・ビント・ハマド・ワッド・ガーネムの溺死に続いた豊穣の数年間に、その荒れ地の奥深くまで農地が延び広がって、開けた大地が人々を耕作へと誘い、もっと殖やそうと言っているようだった。

人々は豊かに暮らした。たくさんの果樹園を持っている金持ちたち、特に新しい農園を開墾した者たちの手元は潤って、贅沢に溺れ、以前には知らなかったような、必要のないものを買うようになった。他の村人よりも安楽で幸福で豊かに見えるよう、様々な機具や家具、猟銃、金や銀の装飾品の収集を競い合った。

この数年間、村の狂人であるアリーク・ビン・ハミースは横丁を歩き回り、「最後の審判の日が近い内に来る。人々の行いがその証しだ」と繰り返していたが、誰も彼と彼の言葉を気にかけなかった。

涸れ川に沿って流れ下る水が枯渇して姿を消し、草木で覆われた広大な平野が黄色く枯れて死に、涸れ川の岸や荒れ地に広がった穀物の農園が跡形もなく消えていくなど、誰も想像しないまま数年が過ぎた。

ハミード・ブー・オユーン翁が昼前にうたた寝していた時、火事が村を襲って何もかも呑み込む夢を見たと言われている。その火は農園や住居を燃やして山々にも広がった。人々は大火から逃れ、山の頂や洞穴に避難したが、大火はさらに広がって四方から取り囲み、たちまち人々を呑み込んだ。彼の知っている人たちが大火に引き込まれながら体をひねり、悲鳴を上げている。火炎に呑み込まれる直前にブー・オユーン翁は恐怖で飛び起きた。彼は自分の家を訪れる人たち全員に、この夢のことを伝えた。それから数日後に彼は病に倒れ、快復することなく死んでしまった。

誰も経験したことのない厳しい夏がやって来た。焼けるような灼熱、熱さで竈に火がつきそうなほどの西風を伴った夏が来ると、泉や谷の水は蒸発して消えた。岩や水路に残された水の痕跡だけが、村人たちが備えをせずに過ごした長い豊穣の年月の証しとなった。その時になって、人々は渇きを覚えた。実際の渇きを経験する前に、彼らの喉は渇き、絶え間なく水を欲しはじめた。誰もがどこへ行くにも水を持ち歩き、喉の渇きが癒えるよう、無駄に水を体内に流し込んだ。まるで大地が待ち受けている干ばつが人々の体と心を占領し、もはや潤うことを忘れたかのようだ。彼らの目からは以前の温和さが消え、誰もが怒りを目に宿すようになった。

干ばつは至るところに広がり、近くの村も遠くの村も、無事でいられた地域はなかった。あらゆる生き物が干ばつの打撃を受け、生命力が少しずつ弱まって、死が地上に蔓延した。子どもも赤ん坊も家畜も命を奪われ、鳥が喉の渇きで死んで空から落ちた。窃盗が増加し、村人たちは水の配分や残された僅かな食糧を巡って争った。

人々は毎週金曜日に雨乞いの礼拝に出かけるようになった。空が雨を降らせてくれることを願い、神が彼らの状況を見て、神と自分たち自身に対して犯した罪を許してくださることを願った。

山頂の滝から轟音を響かせて流れ落ちる激流に満たされた谷を夢見ながら、弱々しく、薄汚れた姿で彼らは家を出る。清らかな水が体の上を流れ、生命力で満たしてくれる、あのひんやりした池を願いながら、家畜や子どもたちを一緒に連れていく。神様に捧げるために羊を何頭か屠り、どれだけ汚れているか見せるために服を裏表にひっくり返した。そうして地平線に雲が現れることを神に懇願し、許しを請うた。だが効果はなかった。

村にはもうたった一つの小さな泉しか残されていなかった。それは硬い岩から湧き出て、ワアリーこと、サラーム・ワッド・アーモールの農園にある小さな池に注ぎ込んでいた。皆はその池に交代で自分の取り分を汲みにきた。

ワアリーは一家族につき一日に桶一杯の水の取り分を、池から汲むことを許した。水汲みは日中に限り、夜の間に水が溜まると、翌日の朝に同じことが繰り返された。

場所が混み合わないように家族ごとに時間を分け、それぞれの時間と水の量を決めた。ワアリーは自分の小屋に座って来る人たちを迎え、たいして代わり映えしない噂話や消息に耳を傾けた。彼らは聞き知った話を一日に何回も口にして、村に新しい話が生まれるまで、飽きることはなかった。

成長して損得が分かるようになったワアリーには、村外れにあるこの小さな農園以外、父親が遺してくれたものは見つからなかった。その農園は、両方向から山に囲まれた涸れ川の岸に位置し、そびえる山頂に遮られて朝日が差すのが遅れ、同じく日が陰るのも早かった。

人々とその噂話から遠く離れ、隠遁生活を楽しむには絶好の場所だった。この数年間、他の人たちが耕作地を広げていくのを気にもせず、野菜と少量のナツメヤシだけを栽培していた。多く所有することには頓着せず、自分に必要なものさえ見つかれば十分だった。

人々は彼のことを忘れ、その名を口にすることもほとんどなかった。あの奇妙な風貌のまま孤独に成長し、祭礼のような限られた機会にしか誰とも交わろうとしなかった。祭礼の朝には一緒に礼拝するためにやってきて、皆が彼に気づく前にさっさとその場を去り、隠遁生活に戻るのだった。

時が経つにつれて、彼はますます孤立を深めていった。人々とその噂話の集まりに背を向けて山々の頂に向かい、蜂蜜を採ったり、野生の山羊《アイベックス》や羚羊《アンテロープ》を獲ったりして、山での生活を満喫した。

彼にはなぜ人々が一か所にしがみついて一生を送れるのか、ジンや悪魔や魔法使いを恐れて一人で遠いところへ行くのを怖がるのか、不思議でならなかった。彼の最大の楽しみは遠くまで行って火をおこし、コーヒーを淹れたり肉を焼いたりすることだった。

ある日、カーゼヤ・ビント・ガーネムがサーレム・ビン・アブダッラーを連れて用事を済ませに出かけた際、彼のもとを通りかかった。彼は座ってコーヒーを飲んでいくよう、彼女を誘った。カーゼヤは最初断ったが、彼の執拗さに負けて、言われたとおりにボロボロの葦の敷物に座って待っていた。彼が背を向けて焚火でコーヒーを沸かしている間に、サーレムは何かに呼ばれたかのようにその場から立ち上がり、池の方へ登っていって、山肌を手で探りはじめた。それから突然触るのをやめ、岩に耳を当てた。

ワアリーは子どもの足が滑って池に落ちるのを心配して、焚火と子どもがいる場所とを交互に見張っていた。しかし好奇心のあまりコーヒーのことを忘れ、コーヒーの泡が沸き立ってついに吹きこぼれた。

溢れたコーヒーで火が消えてしまったので、ワアリーはコーヒーポットを竈《かまど》石から降ろし、サーレムの様子をまた眺めた。子どもは間もなく立ち上がるとワアリーを見つめ、落ち着き払った様子で静かに言った。

「ここに水があるよ」

子どもの行動に当惑したカーゼヤは恥ずかしくて俯いたが、ワアリーはサーレムとの会話を続けた。

「しかしここは硬い岩山だ」

「ここを割って、小さな穴だけ開ければ、水が沸いてくるよ」

ワアリーは頷いて同意した。そしてカーゼヤの方に向き直って言った。

「お前の子が言うことは本当だ」

カーゼヤが驚いて彼を見ると、こう続けた。「この場所は冬になるとすごく湿って、寒さが厳しい時には水が滲みだすこともある」

コーヒーを飲み終えて目的地に向けて去っていくカーゼヤを、ワアリーは見送った。彼の心にはいまだに時々うずくものが残っており、彼女が後ろを振り返ることなく姿を消すまで、目でその姿を追った。

カーゼヤと子どもが去った後、ワアリーは起き上がって、さっき子どもがいたところまで池の上の岩山をよじ登った。そして子どもが指差した位置に、大きな鎚で楔《くさび》を打ちはじめた。

岩から滲み出る水が彼に加勢した。叩き続けていると、山肌が崩れはじめた。水が長い時をかけて岩の内部をボロボロにして通り道を作り、残るは一見硬く見える薄い層だけだと分かった。それを崩すのに大した労力は必要ない。

こうして岩は少しずつ崩れていき、山肌に深く入り込んだ小さな割れ目が現れた。岩の色は水をたっぷり含んだような濃い青に近かった。ほどなくして山肌はひび割れ、水が下に流れ出た。その量は僅かだったが、毎日、数時間で池をいっぱいに満たすには十分だった。

ワアリーは当時、山から湧きだす水滴の大切さを感じていなかった。その場所にはあらゆる方向から水が溢れていたからだ。ただ彼は子どもが言ったことが本当かどうか確認したかっただけだったから、水が流れて溜まるのをそのまま放っておいた。

干ばつが到来して水が涸れ、農園を取り囲むせせらぎの音が消えた後も、誰にも気づかれぬまま、その小さな泉は山の奥から湧き出て池に注ぎ続けていた。村の全ての水が涸れ、彼の農園に湧く泉だけが残ったので、村人はそれを「ワアリーの泉」と名づけた。だが、皆が彼を見捨て、彼らの中では死んだも同然だったというのに、誰が彼のところに行って話をつけることなどできるだろう?

ワアリーが話を聞いてくれる人でなければならない。しばし考えた後、ハーミド・ビン・アリー長老の頭にある人物の顔が浮かんだ。「アブダッラー・ビン・グマイエルだ。アブダッラー・ビン・グマイエル以外にはいない」

長老は急いで彼の家を訪れたが不在だったので、くたびれるまで横丁を捜し回った。待てば待つほど憤りが増し、「あの浮世離れしたジンの子はどこだ？　誰か見なかったか？」と出くわす人に尋ね続けた。

ビン・グマイエルは薪を集めに行っていて、夜になってから帰宅した。長老が息子に夢中で話しかけながら、家の玄関の前で彼を待っていた。長老は彼の姿を見るやいなや立ち上がって叫んだ。「どこに隠れていたんだ？　会いたくない時は砂のようにどこにでもいるくせに、捜している時には水滴が蒸発するように消えちまう」

　それから長老は彼にワアリーのところに行って、彼の泉の水が村人たちには必要だと話してくれと頼んだ。ビン・グマイエルは快諾し、翌日の朝一番に行くと約束した。ところが長老は「今すぐ行ってこい。お前が明日まで生きていると誰が保証してくれる？」と怒鳴った。

　ビン・グマイエルは笑った。その笑い声は横丁の家々の壁にこだまし、山々の麓に響いた。その奇妙な笑い声の後には、横丁の端っこで怯えた猫の鳴き声が聞こえ、枯れ木で見慣れぬ鳥が羽音をたてた。

　ビン・グマイエルは長老の命令をワアリーに伝えに行った。村を出て暗い涸れ川に入った。夜道を照らす月は出ていなかったが、彼は恐れずに進み続け、ワアリーがいる近くまで辿り着いた。大声で呼ぶと、ワアリーが当惑しながら出迎えた。

「村人たちからお前に用がある」

　ワアリーは相手の顔をよく見るために目を大きく見開いた。

「俺は村人たちとは関わりがない。何が欲しい？」

　そこでビン・グマイエルは、彼の農園の池から毎日、水を汲む許しが欲しいと伝えた。

　ワアリーは俯いて、考えに考えた。それからこう答えた。

「明日の朝早くにここに来るよう、長老に伝えてくれ」

そして立ち上がると桶に水を一杯入れ、渡しながら言った。

「これをカーゼヤにあげてくれ」

翌朝、長老は農園に行き、ワアリーと話し合った。必要に応じた水の配分を取り決めてから、長老は村に戻って村人を集め、毎日の水汲みの時間割りを決めた。村の外れの家から始まり、手前の家で終わる。こうして村人たちは近くに水源を確保して、飲み水と、わずかな食べ物を調理するための水を得ることができた。

時を経ても「ワアリーの泉」はそのままだった。毎日、昼間には村人たちがそこから水を飲み、夜にはワアリーが残った水で自分の農作物に水を撒いた。しかし飲み水だけでは生活は成り立たない。穀物の備蓄が少しずつ減っていくなか、人々はどこから食糧を手に入れたらいいのか？

正午過ぎの礼拝《ズフル》後に村の集会場で行われる集まりの席で、一人の男がある考えを思いついた。

「地下水路《ファラジュ》を掘ろうじゃないか」

村人たちが彼を見た。ある者たちは考え込んで頭を振り、ほかの者たちは怒って反論する寸前だったが、長老が間に入って言った。

「今は干ばつの時期だ。どこから水が水路に流れ込むのかね？」

男は自分の考えを説明した。村は長年続いた豊穣の前には地下水路に頼っていたが、鉄砲水によって埋もれてしまい、場所が分からなくなった。水路の跡をわざと隠した者もいるかもしれない――その場にいた何人かを暗に意図しながら彼は言った。もう一度、水路を掘り直してみるしかない。そうすれば水源に辿り着けるかもしれない。水が見つからず、干ばつが続けば、破滅を免れない。しかし水が見つかれば、村に生命が戻ってくる。

出席者の多くは頭を縦に振って同意した。つるはしなどの道具は十分にあるし、彼らの腕は働きたくてうずうずしている。こうして彼らは水路の掘削を始めることにし、働けない人たちは費用を分担することになった。

皆は長老が決めたとおりに翌朝、村の入り口に集まり、地下水路の跡を探し当てようと懸命に地面を探りはじめた。しかし跡は全く見つからず、失望が胸中に忍び寄った。どの場所から掘りはじめ、どの方向に進めばいいのか?

年寄りたちに相談したが、それぞれ意見が食い違った。一人は西を指し、別の一人は東を指した。涸れ川の一方の岸から対岸まで、横に地面を掘ることを提案する者もいれば、涸れ川に平行に溝を掘ることを勧める者もいた。豊穣と長く続いた年月とが彼らの記憶を完全に消し去ったかのように、水路の場所が分からなくなった。中には全てを疑い、村に地下水路があったことすら認めない者もいた。

初日から彼らの喉はカラカラに渇いた。水路があった場所を指し示す痕跡を探して、朝から直射日光の下に立ち、何人かは灼熱の陽射しを遮ってくれる雲が現れるのを願うように空を見つめた。自分たちが探しているものに辿り着くことに絶望して、帰宅しそうになった者たちもいた。

その日は何も成果がないまま昼に近づき、地下水路を見つけて復活させるという考えは現実味を失った。頭上に雨雲が通りかかることを期待するよりも、可能性がないように思われた。彼らがその場に立ち尽くしているところへ、ワアリーが見慣れたゆっくりした歩き方で、彼らに向かってきた。彼の人生には先を急がせるようなものは何もないかのような歩きぶりだった。

村人たちが言い争う声は、彼にも届いていた。彼らの怒鳴り声が山々にこだまして運ばれてきたのだ。朝の騒ぎを聞きつけた彼は、自分にも関わりがあると感じ、間に割って入る決意をした。

彼が到着するやいなや、皆は話をやめた。彼らの多くは、自慢したり自分の気前の良さを利用したりすることなく、いつもどおり振る舞う彼を尊敬するようになっていた。彼の池に自分たちの取り分を汲みに行った時にも短く挨拶を返すだけで、誰かが彼に話しかけようとしても、一言も言わず相手の目をじっと見つめる。それだけで彼らの長話を切り上げさせるのに十分だった。

ワアリーが尋ねる前に長老が言った。

「地下水路を掘ると決めたんだが、どこで始まりどこで終わっているのか、さっぱり分からんのだ」

ワアリーの記憶は、母親に家から追い出された日々に彼を引き戻した。彼がよく過ごした場所の一つが、水路の水場だった。水が地下から出てきたちょうどその場所だ。彼はそこで長く過ごしたから、分からないはずがない。昼間ずっと日除けにしていた大きな岩を思い出した。その岩の方を振り向くと、そこは農園の中だった。その農園は村一番の富豪で、地位も名声もある人の持ち物だった。それは彼らの長老のものだった。権利もなく奪って自分のものにしたのを長老は忘れたのか。

水路はその岩の真下を流れて涸れ川に沿って岸を辿り、地面に消えていったのを思い出した。モルタル《サルージュ》造りの水路の壁が地形に沿って曲がりくねりながら延びていた。

彼は即座に岩の方を指差した。

「あそこだ。大岩のところだ」

長老は自分が村の禁忌を犯して水路の聖域に手を出し、周囲の土地を奪って辺り一帯を破壊したことを思い出し、恥ずかしさに頭を垂れた。村人は長老を見たが、誰も一言も発しなかった。

皆でワアリーが指したところへ行くと、その瞬間に記憶を取り戻したかのように全てを思い出した。そして古い地下水路の跡を辿れるよう、手がかりを探すための掘削作業の準備を始めた。

数日間、数週間が経ち、村人たちは極めてゆっくりと掘削を続けた。地下水路の一部を探り当てたが、母井戸［地下水路の源にあたる井戸］そのものには辿り着けなかった。鉄砲水によって全てが埋もれてしまい、どちらの方向に掘り進めばいいのか分からなくなっていた。激流で地下に掘られた水路が崩落し、大きな岩で流れが堰き止められたためだ。だが彼らは挫けることなく立ち向かい、涸れ川に沿って少しずつ掘り進んでいった。

トンネルは地中に深く延びたが、水があるという希望を与えてくれる水滴、あるいは湿った土すら発見できなかった。彼らは夜明け前から正午近くまで掘り続けて帰宅する。毎日途切れることなく、それを繰り返した。

大人も子どもも、皆が掘削作業に参加した。サーレム・ビン・アブダッラーでさえも父親と共にやってきて、鍬で地面を掘り返し、見たこともない水路を一緒に探した。

数ヶ月が経過し、トンネルはどんどん延びていった。古い支線や竪坑が見つかり、母井戸も見つかったが、干上がって一滴の水も出ない状態だった。何ヶ月もの間、鎚で叩いたり掘ったり、小石や土砂を運び出したりして、村人たちの手はひび割れ、顔はガサガサになり、体や毛髪が埃まみれになったが、何も見つからなかった。

母井戸に辿り着く手前で、豊穣が続く以前に水路の掘削作業をしたことのある一人が、最後の竪坑の方向と、そこに辿り着く方法を思い出した。それが彼らに完成に向けた勢いを与えたが、サーレム・ビン・アブダッラーは父親に囁いた。

「水はこの辺りにはない。水はあっちだ」

彼が指したのは、水路の道筋よりも左方向にずっと逸れた、まだ掘っていない箇所だった。しかしアブダッラー・ビン・グマイエルは村人の揶揄を恐れて口を閉ざし、息子が言ったことに従わなかった。

夕方、アブダッラー・ビン・グマイエルはカーゼヤにこのことを伝えた。カーゼヤは立ち上がってサーレムの目を見つめた。目の中にあるものを判読しようとしたが、自分の目が疲れるまで見つめても、探していた答えは見つからなかった。しばらくして彼女は突然、何かに刺されたように息を吞んで立ち上がった。何かを思い出し、スカーフを身に着け、急いで家を出た。

太陽が沈みかけていたが、それが彼女の歩みを妨げることはなかった。彼女は時間と暗闇に対抗するように家を出て、人影が無くなった通りや暗い山道を抜けて、ワアリーの泉に向かった。行って戻ってこられるよう、時が少しばかりの猶予を与え、夜闇の到来が数分でも遅れることを願った。確かにワアリーの泉はそう遠くはないが、彼女の足は若い頃とは違う。それでもカーゼヤは、彼女の年齢の割には記録的な速さで、農園に辿り着いた。

彼女は立ちどまって当惑した。こんな時間に訪れた彼女のことを、ワアリーは何と言うだろう？どうして一人で来てしまったのか？　彼女は彼を恐れてはいなかった。だが、人里離れたところで初めて二人きりになり、彼女に対する彼の愛情に向き合うのが怖かった。彼女はこれまでずっと、一人では彼のそばに行かないようにしていた。彼女は自分に言った。「とんだ醜聞だ。何を言われることか」

ワアリーが彼女を見た。彼女の影を見てすぐにわかった。闇は少し深くなっており、彼は自分の目を疑った。まだ岩を歩く蟻の姿がはっきり見えていたのだが。彼女はその場に立ったまま、一歩を踏み出す勇気がでなかった。彼は彼女を待って立っていたが、人影が動かないのを見て、また自分の目を疑った。今見えているのは現か、それとも暗闇が見せた幻か？

「何だ？　ジンか、人間か？」

彼は大声を張り上げて叫んだ。

「人間よ、人間」と、彼女は彼を安心させるために答えた。

確かに彼女だ。こんな時間にやって来たことに驚きつつも、昼間に汲んだ水では足りなかったのかと思い、彼女を中に招いた。だが彼女は言った。

「サーレムはどこを掘れと指差したの？」

彼女が来た理由がすぐに分かったので、急いで岩に開けた割れ目のところに行き、答えた。

「ここだ。彼が言ったとおり、水が出た。世の中で水が残っているのはここだけだ」

もう少し残るよう誘ったが、彼女は断り、すぐに家路についた。帰り道はとてもゆっくり歩いた。目的は果たした。我が子は地中に耳を澄まして、水の音を聴いていたのだ。

アブダッラー・ビン・グマイエルの家に着くと彼に言った。

「この子が言っていることは正しい。信用できる。水は彼が言う場所にある」

父親は大声で笑った。

「村人は彼のことを馬鹿にしている。俺が息子の言うことは正しいと言ったら、俺も馬鹿にされる」

彼女は炉の方を向いて、毅然と答えた。

「最初は馬鹿にして彼のことを笑い、狂人と言うだろうけど、今に彼に従い、水を見つけるよ」

カーゼヤがワアリーの農園を出て家に帰った後、彼は座って何が起きたのか考え、これまでの出来事を結びつけた。そうしてこの時間にカーゼヤが彼を訪れたのは、水路の掘削と関係していると悟った。サーレムに水の場所を教えられ、岩に割れ目を掘ってから、随分長いこと経っていた。サーレムが村人と一緒に毎日、水路の掘削作業に参加しているのを見たことも思い出し、翌朝、秘密を明らかにしようと決めた。

村人は皆、ビン・グマイエル親子を揶揄した。その一日だけで、十分すぎるほどの言葉を浴びせた。二人は罵声や悪口を黙って受け止めた。地下水路の跡を、記憶を頼りに辿った一人であるスライマーン・ビン・ハミース翁の耳にこの話が入った時、彼は首を振るだけでは飽き足らず、その後、皆が親子の耳もとで繰り返すようになった、あの有名な台詞を口にした。

翁は首を振ってから少し沈黙し、喉のつかえを取る何かを探すように天井を見上げた。そして地下水路の最後の竪坑の中に僅かな空気しか残っていないかのように、深呼吸した。外からは、白く輝く空が竪坑から僅かな光を送っていた。彼は楔と大きな鎚を摑んでしゃがんでいた。皆が彼の発言を待ち構えていた。

「喉の渇きだけでは足りず、狂人の戯言《ざれごと》も聞かにゃならんなんて」

こう言うと一瞬黙って少し俯き、それから頭を振って爆笑した。その竪坑にも他の竪坑にも笑い声が広がり、皆が待望している水のように、地下トンネルの中を嘲笑が行き交った。それは太陽の火を鎮め、渇きを地中に追い出す潤いのようだった。

第七章

サーレム・ビン・アブダッラーは耳を地下トンネルの壁に当て、目を閉じた。周りの騒音から意識を遠ざけると、地中からゴーッという音が自分を呼ぶように聞こえてきた。その水脈の位置を、長さも深さも特定してから目を開け、数日間かけて掘られた長いトンネルを眺めながら自問した。

「最初からここを掘った方が良かったんじゃないか？」

しかし彼は言葉で人々を説得できるような器だろうか？　人生経験豊富な長老や名士や年寄りたちの言うことを差し置いて、皆は彼の言うことを聞いてくれるだろうか？

彼はこの村に農園もナツメヤシの木一本すら所有していない、弱い父親を持った貧しい母のない子に過ぎない。村人たちが祖父の遺産を取り合って、ナツメヤシの木を少しずつ奪い、全財産を腹に収めてしまった。

男とその妻と赤ん坊の三人家族が、出航時間に間に合うようにと願いながら、スールの港に向かっていた。彼らは船長に追いつき、その船で東アフリカ《スワヒリ》沿岸部に渡ろうとしていた。彼らがいなくなった後、彼らの不在をめぐる多くの物語が紡がれた。

　村人たちはその男の財産が、評価する者も欲深な連中から守る者もないまま失われていくのを見て、「死んだ土地はそれを再生した人のもの」と唱えながら、自分たちの間で分け合いはじめた。瞬く間に彼らは次々と彼の農園を奪い、全て奪った後には元の持ち主を忘れてしまった。村のあちこちで語られていた物語は死に絶え、古い墓場に埋められた。

　二十年後、父親の財産を探しに故郷に戻ったという、アブダッラー・ビン・グマイエルという名の若者の噂が流れてきた。しかし彼は酷寒から身を守る重たいコートを肩にかけた以外には何も持たず、一人きりで村に到着した。

　村人たちは彼に財産や農園があることを否定し、彼の父親はこの村にナツメヤシの木一本持っていなかったと口を揃えて言った。彼の言うとおり財産があったなら、なぜ村を出て長年、放置したのか？　村の歴史が始まって以来初めて村人たちの意見が一致し、同じ話と言い訳を繰り返した。そして自分たちの高潔さを証明するために、彼の父親が暮らしていたという家の廃墟に案内した。彼はそれを短期間で建て直し、そこに腰を落ち着けた。

　サーレム・ビン・アブダッラーは岩と小石の壁の合間から呼びかける水の音に耳を傾けた。それは地中の牢獄から解放してくれと懇願しているように聞こえた。掘削している人たちが素通りしたまさにその場所で、彼は鎚を握りしめ、違う向きに掘りはじめた。

最初、人々は彼にたくさんの嘲笑と揶揄を浴びせたが、傲慢さから彼を無視し、捨て置くようになった。彼らは長老たちが指示した場所で忙しくトンネルを掘り、時々気晴らしのために彼の周りに集っては、笑い種《ぐさ》にした。

最初、父親は息子と一緒に掘らなかったが、息子の決意を見て、集団から離れて彼のところに戻った。そして崩れた土砂を運び出してトンネルの脇にまとめ、それから外に捨てるのを手伝った。また、息子が知らない掘削作業の知識を教えてやった。

トンネルの幅が広がり、本筋から逸れた方向に延びはじめた。その支線は少しずつ長くなり、サーレムは地中に囚われた水の呼び声を追いかけて、近づくほどにその水への渇望を増した。

アブダッラー・ビン・グマイエルは息子と一緒に働くことに心地よい慰めを得た。他の人たちから遠く離れ、望んでいた孤立を見つけた。彼は二人の努力が水の泡になり、何も報われないのではと、時々失望感に捉われることもあった。だが彼は息子を励まし、支えると決めた。後はどうにでもなれ。

トンネルのあちこちに湿った土壌が現れるようになった。濡れた砂と水分をたっぷり含んだ小石が混じり、手で摑んだら崩れそうだった。彼はそのことを誰にも言わなかった。ところが休憩時に、村人の一人がいつものように茶化してやろうと親子に近づき、トンネルの地面に待望の湿った土壌を見つけた。親子の後ろに積まれていた岩の欠片を摑んでみると、湿気が感じられた。その瞬間、彼は大声で叫んだ。

「水が近づいた。水が近づいたぞ」

トンネルの上の方から大きな笑い声が聞こえた。彼の言葉はただ、子どもを馬鹿にしたものだと思ったからだ。だが男は土を少し摑むと、彼らの方に駆けていった。トンネルの低い天井にぶつからないよう、頭を傾けながら、スライマーン・ビン・ハミース翁の方に向かった。到着してすぐに摑んだ砂を手渡すと、スライマーン翁は言った。

「この青い土は大地のガムと呼ばれるものだ。これが出たら道具をまとめて立ち去るがいい。その場所には水は一滴も無いのだから」

皆はその男を馬鹿にして大声で笑った。男も自分はただ、疲労や渇きや失望を和らげるために芝居をうっただけだとでもいうように、皆に合わせて笑った。

しかし親子は諦めることなく作業を続けた。ある日、村人たちは集まって、昨日掘り終えた場所から三十歩進んでも水が見つからなかったら、作業を断念すると合意した。その同じ日、彼らから遠く離れた場所で、アブダッラーは支線の岩壁に穴をこじ開けた。岩に楔を打つと、楔の頭が見えなくなるまで深く入り込んだ。彼は岩をいろいろな方向から鎚で叩いてひびを入れてから、楔を引き抜きはじめた。

深く穿った穴から楔を抜き出した途端、水が恥じらうように流れ出した。まるで中から何かに押し出されたかのようだ。

アブダッラー・ビン・グマイエルは何を言えばいいか分からず、呆然と立ち尽くした。無言でトンネルを満たしはじめた水を眺めてから息子を見ると、顔に陶酔したような表情が広がっていた。激しい悦びの境地だ。僅かな光しか届かない暗闇の中で、彼の両目が輝いていた。間もなく皆の耳にも水音が届いた。

「水、水」

サーレム・ビン・アブダッラーが例の言葉を唱えた。昔、遊んでいた時に唱えたのと同じ言葉を、恍惚としながら絶え間なく繰り返した。あっという間に彼の周りに皆が集まった。彼の言葉が正しかったことが分かった今、何を言ったらいいのか分からず、肩を落とした。どうしてこんなことが？どうやってこんなか弱い少年に水のありかが分かり、水路を知り尽くした経験豊富な大人たちはそれを見逃したのか？

村は大騒ぎになり、水が湧きだした箇所近くに開けられた竪坑へ、一人残らず駆けつけた。この報せを確かめる証拠を探すため、働き手たちが竪坑の中に次々と降りていき、出てくるたびにそれぞれ違う話をした。

皆の間に歓喜が広がった。ただ一人、スライマーン・ビン・ハミース翁だけは屈辱と憎悪と嫉妬を感じ、竪坑から出てくると、沈黙したまま帰宅した。

騒ぎが落ち着くと、働き手たちはサーレム・ビン・アブダッラーからの指示を待った。しかし彼は正気を失って地の底深くまで降りていったかのように、相変わらず「水、水」と繰り返すだけだった。

一人が彼を揺さぶり、立ち上がらせて目を見ながら言った。

「どこを掘ればいいか言ってくれ。俺たちがお前の代わりに働くから」

サーレム・ビン・アブダッラーは岩の壁を指差して言った。

「あそこ。あと一腕尺《ズィラーウ》［約六〇センチ］。一腕尺だけ掘れば水が全部出てくる」

しかしその一腕尺が進まなかった。堅固な山のごとく硬い岩が彼らの行く手を阻んだ。彼らは持てる全ての道具を使い、交代で叩き続けて砕こうとしたが、無駄だった。

触れ役が村人たちに伝えるために村に走った。何が起きたのか見ようと村人全員がやってきて、水源近くの竪坑を取り囲み、深い底から届く伝言を待ち構えた。

地下まで降りられる人は皆、その目で実際に奇跡を見ようと穴に入っていった。溺死した女の息子サーレム・ビン・アブダッラーは水の音を聴き、地中のどこにあるのか知る能力が備わっているという報せが、至るところに広がった。その頃サーレムは、自分に呼びかけ続けている水の幽閉を解いてやるために、岩をずらすことも割ることもできないまま、例の岩を前にしていた。

報せを聞いて駆けつけたワアリーが竪坑に近づくと、村人たちは彼がやってくるのを待っていたかのように道を開けた。彼はゆっくり慎重に降りていった。歳は取ったが、誰の助けもなく一人で綱にぶら下がれるほど、まだ力が強かった。水源近くに立ち、トンネルを塞いで水を閉じ込めている岩を眺めた。人々は彼を見つめた。ある者たちは不安げで、別の者たちは彼の発言を待ち構えていた。ようやく彼は周りの人たちに言った。

「ニンニクを塗る必要がある」

一人が驚いて目を大きく見開きながら言った。

「ニンニクだって！　この干ばつ時に、どこでニンニクが手に入る？」

外にいる人たちにも騒ぎ声が聞こえるほど、トンネルの中で言葉が飛び交った。干ばつは全てを食い尽くし、備蓄していた果実も玉ねぎもニンニクも乾燥レモンもデーツも底をついた。村人たちはタデやガーファの葉のような苦い草や昆虫、キツネ、一部のトカゲまで食べた。地面を歩く生き物は全て彼らの食料となり、葉を茂らせたいかなる木も剝ぎ取られた。それなのに、どこからワアリーにニンニクを持ってこられるだろう？

岩を割るためにさまざまな方法を試したが、いずれも役に立たなかった。その岩は巨大で、四方に根を張っていた。それでも立ち向かわなければならない。立ち向かうためには、塗って岩を割るためのニンニクが必要だが、どこからニンニクを手に入れたらいい？

夜になり、皆家に帰っていった。この難題の答えは見つけられなかったが、それぞれ水を汲んで持ちかえることができた。積年の汚れを体から洗い流そうと、彼らはたくさんの容器に何度も水を満たした。閉じ込められた水が流れ出し、村まで届くことを夢見ながら、彼らは清水を持ちかえった。水が届けば村は再び蘇り、新しいナツメヤシや果樹を植え、木陰でその実を食べることができるだろう。

カーゼヤはからっぽの牛舎に吊るしたニンニクの束を思い出した。牛舎の隅の、乾燥したシマユキカズラの束の陰に、茎のまま吊るしたニンニクが数玉残っていたはずだ。しかし、白蟻に食われずそのまま残っているかは分からない。

夜《イシャー》の礼拝の後に確かめに行きたかったが、暗闇に紛れた毒蛇やさそりが怖かった。

朝、彼女はビン・グマイエル親子が作業に出かける前に呼び止めた。

「ちょっと待って」

牛舎に入り、草の束の陰に隠していたニンニクを取り出してみると、ひと月前にそこに置いたばかりのように良い状態のままだった。房を触ると中まで固く詰まっている。彼女は全部で二十五玉のニンニクを、何もない中から見つけ出した。村にはもはや枯れたレモングラスしか残っておらず、寝る前に噛んだり、ゆで汁を子どもたちに飲ませたりするしかなかった。

「家用に少し残したら?」とアブダッラー・ビン・グマイエルに言われた彼女はこう答えた。

「また新鮮なのが手に入るよ。水追い師がお前と一緒にいる限り」

彼女はサーレムを指差していた。水追い師が彼女が「水追い師」という彼にピッタリなあだ名をつけて以来、彼はその名以外では呼ばれなくなった。

親子が現場に到着すると、皆が待ち構えていた。例の岩をどうにかして割るか、穴を開けるかする策を話し合っている。彼らが持っている掘削道具は全て試したが効果がなかった。

だがニンニクの玉が彼らに希望を蘇らせた。房をばらして皮を剥き、ペースト状になるまですり潰した。それから岩に塗ってもらうため、ワアリーが来るのを待った。彼はニンニクが手に入ったとは知らず、遅れてやって来た。それを知るとすぐに竪坑の底に降りてニンニクのペーストを手に取り、岩の表面全体に塗りつけ、言った。

「三日必要だ」

それから綱を登り、これから何が起きるのか期待している皆を残して自分の農園に帰っていった。残された人たちはがっかりして不満を言った。水が今にも吹き出そうなのに、どうやって三日間も待てというんだ?

ワアリーが帰った後も、人々は竪坑を囲むようにして残っていた。最初は一部の人々だけが水を汲もうと容器を持ってきたが、水の濁りが減って澄んできたのに気づくと、他の皆も真似しだした。その日と残りの二日間、容器に水を汲んで村に持ちかえることしか彼らにはできなかった。

三日が過ぎ、働き手たちは岩を取り囲んだ。つるはしや鎚で岩を叩いてみたが、あまりの硬さに楔が手前に跳ね返った。様々な方法で叩き割ろうとしたが、無駄だった。ついに一人が失望で苛立ちながら言った。

「見てみろ、これは天罰だ。水はこの岩の向こうにある。だが神の罰で、この村には富があっても誰も手に入れられない」

彼がこう言った後、ワアリーが綱を伝って地底に降り立った。そしてすぐに頭を振りながら言った。

「この岩を割るには力が要る。お前たちが持っている鎚ではどうしようもない」

「どうすれば割れるだろう?」

疲れてトンネルの壁にもたれた男が喘ぎながら訊いた。

「わからん。俺が知っていることは皆に教えた。ニンニクに効果がなかったら、神様の定めを受け入れるしかない」

彼のこの言葉に一人の男が激高し、持てる限りの力で岩を叩きながらわめいた。

「何て災難だ！　何を我慢すりゃいい？　喉の渇き？　疲労と暑さ？　それともワアリーの無神経さか、この呪われた硬い岩か？　皆、教えてくれ、何を我慢すりゃいい？」

その場を支配していた絶望と落胆の中で、小さな笑いがクスクスと皆の間に広がって次第に大きくなり、ついには竪坑の上まで届いて、上にいる人たちも笑いだした。笑いの発作が止まらなくなり、今まで笑いどころか微笑すら見せたことのなかったワアリーでさえ、その日は赤い目がもっと赤くなるほど声を上げて笑った。

その時、働き手たちに自分の思いつきを伝えようと、女が上から叫んだが、彼女の言葉は笑いの奔流にかき消された。それでも彼女は叫び続け、ついに人々は笑うのをやめて、何が言いたいのか理解しようと、彼女の言葉に耳を傾けた。

「大鎚がスライマーン翁の家にある。大鎚がスライマーン翁の家にあるよ」

「あの狂った女は何を言っている？」

笑い疲れて地面に転がり、服を濡らした男が周りの人たちに訊いた。だが彼女の思いつきを理解したワアリーは、手を上げて皆を黙らせてから言った。

「あの女は狂っていない。俺たちの中で道理が分かっているのは彼女だけだ。彼女を信じよう。大きな岩にはそれ以上に大きな鎚が必要だ」

しかし大鎚はスライマーン・ビン・ハミース翁の家にある。彼は皆に怒って帰ってしまった。誰が彼に話をつけられる？　どうやったら彼の大鎚を譲ってもらえる？

スライマーン翁は若い頃、その巨大な鎚を肩に担ぎ、様々な村の水路工事に従事した。力持ちが三人寄っても持ち上げることができない大鎚を彼は片手で持ち上げ、肩に担いで歩き去ったものだった。

人々は自分たちの水路を掘る際に彼の力を借りた。掘削作業を妨げる岩を砕くのが彼の役目だった。人々は硬い岩を真っ二つに割るために彼を雇い、彼が自宅を出た日からまた帰る日まで、日当を支払った。

それにしても、皆の力が尽きて、骨と皮しか残っていない今の状態で、誰があの巨大な鎚を持ち上げられるだろう？　仮にそれできたとしても、誰がスライマーン・ビン・ハミース翁と交渉しに自宅を訪れ、大鎚を貸してくれと頼むのか？

長老がスライマーン翁の家に行ってみると、彼は興奮した雄牛みたいに中庭を歩き回っていた。地下水路の深淵に住むジンが彼の頭に入り込んで乗っ取り、彼の口を借りて喋っているかのように、訳の分からない独り言を言っていた。

落ち着かせようと手を握ったが、スライマーン翁はその手を強く振り払った。長老は倒れそうになったが踏みとどまり、スライマーン翁の服を摑んで歩き回るのをやめさせようとした。スライマーン翁はジンに取り憑かれたように何も感じなかったが、次第に動きが重くなり、ついに我に返った。その時になって彼は長老が自分の服にしがみついているのに気づき、驚いて言った。

「俺をブランコとでも思ったか？」

長老は地面に倒れるほど大笑いした。それから笑いをこらえて言った。

「正気に戻って良かった。農地を耕す雄牛のようだったよ」

それから長老は彼に水路の現場で起きた出来事を伝え、岩を割るために彼の大鎚を貸してほしいと頼んだ。人々は彼の経験を求めている。岩が割れるよう彼らにできることを指示してくれるならば、頼み事は何でも引き受けると言っている。

スライマーン翁は気を鎮めた。怒りは消えて正気に戻った。それ以上、時間を無駄にしたくなかったので、急いで自宅の隅にある小屋に入り、両手で大鎚を持ち上げて肩に担いだ。その重さで倒れそうになり、ふらついた彼を支えようと長老が駆け寄った。だが彼はそれを制して言った。

「スライマーン・ビン・ハミースはまだ健在だ」

長老は笑って言った。

「死んだ者は墓にいる。お前はまだ昨日生まれたばかりさ」

スライマーン翁は大鎚を担いで長老と一緒に家を出た。二人が到着すると、働き手たちは一番頑丈な綱を結びつけ、地下に降ろそうとした。だが彼らが持ち上げようとしても、まったく地面から持ち上がらない。こんな重さでどうやって岩を叩けるだろうと人々は言った。

誰かがまた口を開く前に、スライマーン・ビン・ハミース翁は下に降りて、例の岩があるトンネルの中に大鎚を引きずり込んだ。それからいつものように岩を叩こうとしたが思うように力が入らず、その打撃は岩に何の影響も与えないほど軽かった。そこで彼は鎚を吊るす振り子の台座を作るよう、村人らに頼んだ。

　村人の何人かが出ていき、大きなアカシアの幹を運んできて切り分けた。それを一片ずつ下ろして振り子の台座を作り、岩の前に置いた。それはまるで岩をその場からどかしにきた、太い四つ足の巨人のようだった。あっという間に台座の中央に丈夫な綱で鎚が吊るされ、簡単に前方へ投げつけることができる準備ができた。

　鎚が結びつけられた綱を四人の男が引っ張ってから離し、岩に強い打撃を加えた。トンネルの天井に振動が伝わり、小石が砂と一緒に落ちてきたが岩はびくともしなかった。「岩に冷める間を与えるな！」とスライマーン翁が叫んだ。「もう一度やるんだ。今度は綱を最大限引っ張ってから離し、鎚の重みと強さの全てを岩にぶつけろ！」

　疲れも飽きも知らず、打撃が続いた。スライマーン・ビン・ハミース翁は、岩を休ませるなと怒鳴り続けた。

「綱を引っ張れ！　強く引っ張って、流れ星のように落とさんといかん！」

　岩に加えられる打撃の一つ一つが、周囲の者たちには自分の心臓に加えられているかのように感じられたが、岩はまるで無関係だとでもいうようにびくともしなかった。スライマーン翁も時間の経過を感じることなく、その場に立ち続けた。彼は幼いころから鎚で地面を叩き、泉の出口を開いて水を溢れさせ、足や腿、時には体全体を水に浸すこともあった。

　そういうことは幾度も起こった。岩が割れ、僅かな量の水が彼の両足の間を流れてから地面に吸い込まれ、消えて戻らないこともあれば、水がその場所から噴き出して、押し流されそうになったこともある。竪坑の外にある固定した何かに常に綱で腰を結びつけていなければ、水の勢いで地中深くの暗闇に押し流されて、溺死する恐れがあった。

村から村へ旅をした。涸れ川に地下水路が張り巡らされた町から、一滴の水もなくて木や生き物が渇き死ぬ町へと、彼の旅は何年も続いた。彼の関心は、硬い玄武岩の壁の後ろに水を閉じ込めた、頑《かたく》なな水路を探すことだけにあった。

その日は日暮れまで岩に変化はなかった。大鎚が岩に僅かなひび割れすら開けられないまま人々は疲弊し、日が暮れた。彼らの手足は疲れ、睡魔に襲われたが、スライマーン翁はそこに立ったまま、作業を続けるよう皆を励ました。

「簡単に手に入るものなどありはしない。この村はお前さんたちの労苦に値する。力を尽くして頑張るんだ。生きる糧はこの岩の後ろにある」

だが疲労で皆、地面に倒れてしまった。スライマーン翁は日が暮れないよう願った。日が暮れて働き手たちが立ち去れば、岩が冷めてまた硬くなってしまう。翌朝、作業を続けるために皆が戻ってきてくれるよう願いつつ、彼は最後に竪坑を出た。打撃によって岩の内部にはたくさんの亀裂が生じたが、割れて崩れるまでには、さらに続けて何度も打撃を加える必要があった。その時になってようやく水は、新しい水路を通って村に達することができる。

翌日の昼間に長老はサーレム・ビン・アブダッラーに、違う場所で水を探してみてくれないかと頼んだ。作業の騒音が水音を聴く妨げになっているとサーレムが言うので、長老はサーレムが水脈を追えるよう、音を出さないでくれと人々に求めた。

サーレム少年は獲物の目をごまかすように前かがみになって、トンネルの奥へゆっくりと歩みを進めた。深淵に耳を澄ますと、自分の鼓動の音、地下に住むコオロギが奏でる永遠のメロディー、囁き声、滑らかな岩を登る蟻の足音、ネズミが葉をかじる音が聞こえた。遠くから響くさまざまな音が聞こえ、周りの人たちの心の声さえ聞こえてきそうだった。

暗闇の中、村の方角に進んで次の竪坑を過ぎ、その次の竪坑も通り過ぎた。地下水路の村側の出口に達しかけたところで、再び岩に耳を澄ましながら戻ってきた。あらゆる音が聞こえたが、地下に閉じ込められた水の音は聞こえてこなかった。

そこには一滴たりとも水はなかった。皆がいる方へ足が近づいた途端、流れる水の音が自分と父親が開けたあの穴から、はっきりと聞こえてきた。ゴーッという水の音が地の奥から彼に誘いかけ、周りの音が何も聞こえなくなるほど彼を圧倒した。近づくにつれて音は大きくなり、ついに例の岩の隣で彼は立ち止まった。

彼はまた岩を後にしてトンネルの上部、掘削作業が達したところまで行き、耳を澄ました。水が一滴でも見つかれば新しい道に導いてくれるかも知れないと思ったが、全ての道、全ての経路、全ての水路が彼の目の前で閉ざされて、あの岩の後ろから聞こえてくる水音以外には何も聞こえなかった。

サーレムは長老に近づいて首を横に振り、皆が立っているこの場所以外、トンネル内に水はないと伝えた。長老は働き手たちに振り向いて言った。

「水追い師は仕方がないと言っている。この岩を絶対に諦めるな」

彼のこの言葉でルザイク・ビン・ハンマースは様子がおかしくなり、四肢がひきつけを起こして地面に倒れ、痙攣しはじめた。彼の女友達であるジンに取り憑かれたと言う者もいれば、癲癇をおこしたと言う者もいた。その間、彼は湿った地面に体を打ちつけ、人々は彼の頭が岩にぶつからないよう、守ろうとした。予期せぬことに、同じ症状がハーミド・ビン・スユーフという別の男にも現れ、倒れた拍子に頭を怪我して、血が水に滲んだ。

ワアリーは赤い目を見開いて笑った。皆が彼の方を向くと、言った。

「この場所は血で清められるのを待っていたのだ。水は出る。きっと出る」

痙攣の発作が収まると、現場は少し落ち着きを取り戻し、働き手たちはスライマーン・ビン・ハミース翁と共に、大鎚で再び岩を叩きはじめた。彼の叫び声や激励は一日続き、ついに日が暮れた。

一体、何がその夜に起きたのだろう？　朝、皆が目覚めると、涸れ川は水でいっぱいになっていた。シャンヌーフが夜明け前から通りで叫んでいた。彼女の頭からはスカーフがずり落ち、髪の毛がむき出しになっていることにも気づかずに歩き回っていた。一体、誰が地中深くにあった水の栓を開けて、水路に水を送り込んだのだろう？　村の水場や近くの農園には水が満ち、至るところが潤っていた。

女たちは嬉し涙を流し、興奮が村に広がった。人々は家にあった擦り切れた服や家具のカバーや敷物を取り出し、そこについた虱をはらって、水に投げ入れた。自分たちも水浴びをし、ひび割れた皮膚の毛穴に水が滲みて痛がった。

地下水路から水が出て、あちこちに注ぎ込み、村人たちは元通りに生命が蘇ることを願いながら、自分たちの農地を耕した。一体、何がその夜に起き、朝になったら全てが一変していたのだろう？

スライマーン・ビン・ハミース翁の大鎚で叩き続けて二日が経つと、岩の端と芯にひびが入り、水がその隙間に入りこんだ。それから水が隙間を通って道をこじ開けるのにしばらく時間が必要だった。小石や土に邪魔されながらも、水は常に自分の通り道を見つける。そして水が通れる道は、常にある。

その日の正午、長老とスライマーン・ビン・ハミース翁と共に地下に降りた働き手たちは、岩が砕けているのを発見した。だが岩はまだトンネルの真ん中に残り、水の妨げになっていた。振り子の台座がその前で見張っている。

水が村まで届いた後の数日間、皆は岩を細かく砕くことに成功し、破片を綱に吊るした籠に入れて、外に運び出した。岩は滑らかで硬く、簡単には砕けなかったので、その作業は彼らに倍の労力を要求した。だが水が流れ出して村の家々に生気が蘇ったことや、村全体に広がった喜びが、岩に完全にとどめを刺す力を彼らに与えてくれた。

地下水路はすぐに復元され、壁や竪坑が修復された。竪坑の数は十二に及び、それぞれ地表から地下水路の底までつながる円筒形をしていた。勢いよく流れる水が用水路を伝わって、村の隅々まで農園を潤した。必要以上に溢れた分は涸れ川に流した。それによって池や沼が水で満ち、村に命が蘇った。魚の卵が孵化し、泥の隠れ家から蛙が這い出した。村人に活気や喜びが戻り、過去の苦痛や渇きや空腹の記憶を洗い流した。

ワアリーは人々から途絶した隠遁生活に戻った。自分の小さな農園に戻り、土地を耕した。冬の季節になると、自分が食べていけるだけの様々な種類の野菜を植え、村と村人たちの果てしないいざこざから遠ざかって時を過ごした。

アブダッラー・ビン・グマイエルは、他人の農園を耕作して収穫の一部か一定の賃金を得る、以前の生活に戻ったが、今度は頼りになる息子が一緒だった。筋骨隆々とした頑健な青年に育った息子は、重たい麻袋を運び、土を耕し、綱を張り、崩れた壁を直せるようになった。

村人たちはサーレム・ビン・アブダッラーへの嫌がらせをやめ、「溺死した女の息子」と日々中傷する代わりに、「水追い師」と呼ぶようになった。彼もその新しいあだ名を気に入り、受け入れた。そして、今まで村人たちから受けた仕打ちは、心の奥底にしまった。

ところが村の暮らしは代わり映えがしない。彼が経験したとおり、また父親のアブダッラー・ビン・グマイエルや育ての母のカーゼヤ・ビント・ガーネムが話してくれたとおり、村人たちは食べ物や飲み物を断ち、空腹や渇きを我慢することはできても、噂話は我慢できないのだった。

第八章

岩の中から水が湧き出し、渇いた大地に優しく泉の水が流れるように、水追い師が地中の水音に陶然とするように、恋が彼に呼びかけた。彼の家の前に佇んでいたあの少女の微笑と、クルアーン学校の先生に杖で打たれた傷を優しく慰め、痛みを取り去ってくれた彼女の夢見るような眼差しの中に、彼は恋を見つけた。彼女が遠くの村で自分を待っているとは露知らず、彼女のもとへ行けと恋に誘われた。

彼女が微笑みながらデーツを何粒か手渡してくれると、彼の心は和らぎ、痛みが鎮まった。彼女の微笑で喉を潤し、彼女の白い歯をずっと見つめていたくなった。彼女は隣に座り、以前からずっと知っている人のように話しかけてきた。彼女は活き活きと体を動かし、彼はじっと彼女の声に心で聴き入った。家の隅々に妖精たちが忘れていった歌のような声だった。

しかし彼女は、カーゼヤ・ビント・ガーネムと一緒にコーヒーを飲んでいた母親に連れられて、すぐに立ち去ってしまった。母親に手を引かれて村の外に続く坂道を登り、姿を消した。彼は彼女について何も知らなかったので、カーゼヤに根掘り葉掘り尋ねた。彼女の微笑みはしばらく夢にも現れた。それから泉が岩の中で眠るように、彼の心の奥底に眠った。

ミスファー村の地下水路から水が湧き、用水路を流れて、村に活気が戻った。村の評判は遠方まで響き渡り、遊牧民たちが押し寄せて、自分たちと生き残ったラクダのために、わずかな飲み水だけを求めた。

遊牧民たちは村の周辺の荒れ地に天幕を張った。部族がそれぞれに、あるいはまとめてやってきて天幕を建て、小屋が増えた。人々の顔には生きる望みが現れ、笑顔が浮かび、笑い声が響いた。近くの村からも遠くの村からも使いがやってきた。どの村も干ばつで荒廃し、わずかな住民だけが生き残っていた。噂が正しいと確かめると、水追い師と契約を交わした。

彼と会うと、誰の顔にも驚きの表情が浮かんだ。目の前にいるのは十五歳の少年である。しかも一見して、自分でも自分の言うことが信じられないかのように、もじもじしている。いつもの口癖を繰り返し、相手を失望させた。差し迫った必要や僅かな希望がなければ、来た道を引き返したいという気持ちになったことだろう。それは喉が渇いた人が砂漠で水溜まりを見つけた時に抱くような、かすかな希望だった。その水はいくら追っても手が届かず、大抵は確実に死に至る。実際、サーレムに会いに来た人たちは、隣接するあらゆる村や谷や砂漠に広まったミスファー村の人たちの噂に、希望を託したのである。

サーレムが村々を渡り歩いて五年が経過した。一人で、あるいは父親を連れて、また時には父親とワアリーと三人で行くこともあった。大地に耳を澄まし、水がある場所を見つけると、自分や父親も村人たちと一緒になって、地中にトンネルを掘りはじめる。水源から始まり、地上に水路が現れる水場のところまで掘り進めることもあれば、逆向きに掘ることもあった。地下水路の工事は数日で終わる時もあれば、数週間、数ヶ月間、かかる場合もあった。

トンネル部分は残っていて、そこと水をつなげる支線を探せばいいだけの古い水路もあれば、激流で崩落し、再建が必要な水路もあった。その違いによって、水追い師が村で過ごす期間が変わった。彼は水がある場所を見つけて案内するだけで、掘削作業は村人たちが自分でやるという条件にして、完成を待たずに村に帰ることもあった。

ある日、砂漠との境にあるミセーラという村から、男たちが水追い師を探しにやってきた。彼らが村の真ん中にあるクロウメモドキの大木の下で休んでいた時、たまたまアブダッラー・ビン・グマイエルが通りかかった。そのよそ者たちと喋っていた村の子どもたちが彼を指差した。男たちは立ち上がり、彼に到来の目的を伝えた。その一人の話によると、かつてミセーラ村には用水路に水が溢れる豊富な地下水路があった。屈強な若者でも水浴できないほど水の勢いが強かったため、分岐した用水路をたくさん作り、水が同時に村のあらゆる場所に届くようにした。ある時には分岐の数が十に及んだという。

しかし数年前の大水害で、地下の水路と支線がすべて激流に押し潰され、岩と土砂に埋もれてしまった。今では誰も地下水路の位置を知らず、偶然に一つの穴を見つけたとしても、どちらに延びているのか分からなかった。

ビン・グマイエル親子は久しぶりの新しい仕事の機会だと見て、ミセーラ村からの提案を即座に快諾した。そして一行と一緒に出発する準備を整え、できる限りの道具と道中の食糧を持って出た。

カーゼヤ・ビント・ガーネムはこの旅のことを知った瞬間、掌の真ん中がうずき、首がピクピクするのを感じて、村境まで二人を見送った。その情報はワアリーにも伝わった。彼は何本かのサツマイモと粉末のにぼし、乾燥したレモン数個と、得意の薄焼きパンを彼らに渡すために風呂敷に包み、急いで出発した。二人に追いついたワアリーは、ロバの背中に風呂敷包みを結びつけているアブダッラー・ビン・グマイエルに言った。

「長居するなよ。水が出たらすぐ帰れ」

それからカーゼヤの隣に立ち、親子が曲がりくねる涸れ川の中に姿を消すまで見送った。時の流れに身体を蝕まれた二人の老人は、できるだけ長くそこに立って、ビン・グマイエル親子に別れを告げようとしていた。

＊＊＊

サーレム・ビン・アブダッラーはこんなに長い距離を旅したことがなかったし、何も遮るもののない荒れ地に沿って延びる砂丘を見たこともなかった。立ちはだかる山も邪魔する丘もなく、地平線まで続くこんな平らな土地は見たことがなかった。彼は度々、後ろを振り向いて、山々がどんどん遠ざかり、地平線に呑み込まれるのを目で追った。ここの涸れ川は山間部の涸れ川に比べて、ずっと幅が広かった。延々と続く涸れ川のところどころに、アカシアやクロウメモドキやガーファの木が生えていた。干ばつに抵抗できなかった山間部の樹木とは違い、ここの樹木の一部は干ばつにもかかわらず、濃い緑を保っていた。

ついにミセーラ村が見えてきた。大きなオアシスだがナツメヤシの木々は枯れ、一部は白蟻に食われて倒れていた。ナツメヤシの木々の周りに、街並みが三日月形に広がっていた。

サーレムたちがミセーラ村に到着したのは夕方だった。長く歩いた旅で疲れた彼を、彼女が待っていた。通りや建物を眺めようと視線を上に向けた彼を、微笑みを浮かべた彼女が見下ろしている。以前にも飲んだことのある、あの甘い泉と同じ彼女の微笑みは、彼の疲れと喉の渇きを吹き飛ばした。同時に彼は、水に対するよりもずっと激しい渇望を感じた。

年の頃は十五歳くらいの少女が、家のドアの前に立っていた。肩を壁にもたせかけ、体を曲げて彼を見つめ、微笑んでいる。その微笑みは顔の一箇所ではなく、顔全体から輝き出ていた。彼の足はもつれて転びそうになり、その場に立ち止まった。それは一瞬のことだったが、まるで一生分の長さに感じた。それは夢のような刹那、あるいは現実に引き戻される前に夢にしがみつこうとする、目覚めの瞬間のような刹那だった。

彼は彼女の家に入った。かつて彼女が自分の家の客人であったように、彼は彼女の客人になった。父親と共に応接間に入り、心の中で恥じらいながら湧き出す泉の音に耳を傾けた。その微かな泉の音は、周囲の音をすべて忘れさせた。自分の鼓動だけに耳を澄ましていると、自分の心の中にあるものは全て、彼女の顔と微笑みに係わっていることに気づいた。

あの時の彼女だろうか？　それとも似ているだけ？　彼女の笑顔、輝く瞳、彼の幼少期に向かって流れる髪、夜空に輝く星のような白い歯。その夜、彼はベッドで寝返りを打ち続けた。熾火《おきび》の上で転がされる者のようにではなく、岸に打ち上げられることも、溺れることもなく、激しい波に揺られ続ける者のように。

彼の吐く息は高熱を患ったかのように熱く、沈黙と孤独の寒さに震えていた。なぜかは分からないが、その夜、彼は溺死した母親のことを思い出し、その存在を身近に感じた。母親の顔が少女の笑顔の中に初めて浮かんだ。彼は夜の物音に耳を閉ざし、遠くへ意識を運んだ。自分の部屋から出て、少しずつ彼女の寝息を辿る。家中、彼女を捜してようやく見つけた。彼女以外、家の者たちの寝息は規則正しかった。彼女の心が彼に話しかけていた。その時ようやく彼は目を瞑り、彼女の話し声を聞きながら眠りに身を任せ、彼女のもとへと夢に自分を運ばせた。

翌朝、村の男たちは、地下水路が涸れ川の奥深くまで血管のように延びている場所に親子を連れていった。水追い師は仕事を開始し、座って待つよう彼らに頼んで、砂利を踏む自分の足音に耳を傾けながら涸れ川に沿って歩きだした。地面につきそうなほど頭を下げ、耳を澄ましていると、彼女の心臓の鼓動が聞こえてきて、その場を満たした。彼は頭を上げ、自分の追跡の結果を待っている人々の方を見た。深呼吸し、これまでと同じように周囲から自分を乖離させようと試みたが、目を瞑ると彼女の姿が浮かんだ。朝、彼女は玄関の前に立って、彼の方を見ながら微笑んでいた。彼女に「おはよう」と挨拶された時、彼女の声にはお祭りや婚礼の歌の煌《きら》めきが感じられた。彼は水音を聴くことができなかった。

砂漠に沿って延びる涸れ川の奥深くに目を遣った。彼の耳は何も捉えなかった。十歩歩き、また頭を俯けたが、何も聞こえない。二十歩を数え、さらに増やして最後には百歩まで数えたが、何も聞こえなかった。

彼を見守っている人たちが何を言うかは気にならなかった。彼女以外は何も見えず、何も聞こえなかった。初めて彼は飛び出したい、走りたい、その場に寝転がって空を見上げたい、同時に笑ったり泣いたりしたい、と感じた。ありったけの大声で叫んでから、その反響を砂漠の隅々まで追いかけたい。

その日は何も見つからないまま帰宅した。彼の関心は帰ることにしかなかった。玄関で彼の帰りを待っている彼女を見つけ、挨拶の言葉を囁いてから、その日の糧として彼女の微笑を味わいたかった。

まるで朝から家を離れていなかったかのようだ。水を探しに出かけたのは体だけで、彼の心は玄関に立つ彼女という水と共にあった。

彼は父親に訊かれた。

「どうかしたのか？　具合が悪いとか、どこか痛いとか？」

言葉に詰まった。何と答えるべきか分からず、傷つき、当惑して地面を眺めた。

父親は村人たちに謝り、長旅でとても疲れたせいだろうと言った。そして、元気を取り戻すまで数日間、猶予を与えてほしいと頼んだ。村人たちは受け入れるしかなかった。その数日は、自分の心が村の道を歩き回り、砂丘を登り、聞こえてくるささやき声の後を追って、そよ風と共に旅するのを彼が見届けるのに十分だった。

ある日彼は、彼女の家の近くにある大きなガーファの木陰に座っていた。父親は村の男たちと一緒に出かけていて、一人きりだった。ガーファの木と同じように彼も自分の根を地中深く張って、彼女の声を、地中の根から伝わってくるあの呼び声を、亡くなった母親を、捜していた。

最近ではよく夢に母が出てきた。いつもの聞き慣れた声が、夢の中では微笑む少女の唇から発せられるのだった。

この数日、あまり眠れず、食事も喉を通らず、願うのはただ、家を出たり入ったりするたびに彼女の姿を見ることだった。それが叶わず、彼女の姿を見ずに帰宅した時には、全ての感覚を研ぎ澄まして家中、彼女を捜した。

人影が彼の方にやってきた。家から出て、彼が座っている方に向かった。彼は地面の方に俯いていて、彼女の声に気づいた時には、すぐそばまで来ていた。

「ミスファー村の少年が大きくなったわね」

彼は何かに刺されたように頭を上げ、立ち上がった。心の声を聞かれたかもと不安になった。彼が不思議そうに彼女の顔を見つめると、彼女は笑い、彼の背丈を指さしながら言った。

「背が高くなって！」

それまで彼女だという確信はなかった。

「君があの時の……」

訊き終わる前に彼女は笑って答えた。

「ええ、私よ」

飛ぶ楽しさを覚えた小鳥のように、彼の心臓が羽《は》ばたいた。しかし、檻に閉じ込められて、飛び立てない。バタバタと羽ばたいて、翼が折れそうになり、羽根の一部が逆立った。彼は言った。

「すっかり大人になったね」

心の中では、自分に起きた全ての出来事を彼女に伝えたかった。彼女が去った後、彼の心に穴が開き、満たされることはなかったこと、彼女に会ってから聴力を失ったかのように、何も聞こえなくなったことも。

数日経って、彼の恋心はさらに大きくなった。父親は何が起きたか理解しようと息子に話しかけ、彼は父親に全てを打ち明けた。ナスラ・ビント・ラマダーン。その父親の家に彼が寝泊まりしている女の子。幼い頃に母親に連れられて彼の村を束の間訪問した後、家族と合流して遠い村に戻っていった。男兄弟の間でたった一人の娘として、皆に可愛がられ、愛されているナスラ。

父親に打ち明けたことで秘密の重みから解放された彼は、落ち着きを取り戻した。父親は相好を崩して喜び、彼女の父に婚約を申し込むと言って彼を安心させた。その夜、彼は再び母親の夢を見た。母は金襴《きんらん》の婚礼衣装を着て頭と手首に飾りをまとい、幸せの絶頂にあった。その笑顔はナスラ・ビント・ラマダーンの笑顔に似ていた。朝になると彼の心は深く静まり、村の向こう側で蝶が羽ばたく音が聞こえたほどだった。

後ろを振り向くと、皆が彼の方を見ていた。彼は大地に耳を澄ました。大地の血管に耳を澄まし、砂利でできたその体内を流れる水音を聴き取ろうとした。近くのギョリュウの木の上で小鳥が羽ばたく音がした。涸れ川の岸からは鳩の鳴き声が聞こえた。そしてついに彼は聴いた。鼓膜にそのおしゃべりが届くのをずっと待っていた水の音を。獲物に巻きつく蛇のシューッというような音が地中から微かに聞こえてきて、彼はいつもの口癖を唱えながら、集中を高めていった。

「水、水」

＊＊＊

地下水路の経路は土地や涸れ川の性質によって村ごとに異なる。水源から下るように掘り進めることもあれば、村から出発して水源まで登るように掘っていくものもある。一定間隔でトンネルと外とをつなぐ開口部を掘る。この開口部あるいは竪坑には、作業員が外に出て、土砂を運びだしたり、地中の熱気の代わりに新鮮な空気を吸ったりできるようにする役目がある。水路は母井戸と呼ばれる水源がある最後の開口部に達するまで、数十メートルも延びることがある。水が村の方向に流れるように、僅かな傾斜をつけながら掘っていく。

ミセーラ村は砂漠の砂混じりの石という特質を持つ土地柄だったので、村の男たちは地下水路を村の水場の部分から母井戸まで、上り坂に掘っていく方法に決めた。そのほうがトンネルを整備して、崩落を防ぐために石材やモルタルで補強するのが容易になるからだ。

村側の水の出口と母井戸との距離が長かった。それはつまり、作業が難しく、完成までには通常よりもっと時間が必要だということを意味する。いつトンネルの天井が崩落するか分からないので、常に岩の仕切りを置いて天井を支えなければならない。進むごとに深さが増し、作業が難しくなっていく。毎日、早朝から正午まで掘削作業をして、夕方はトンネルの整備と天井の補強にあてた。

アブダッラー・ビン・グマイエルは作業の先頭に立ち続けた。砂混じりの土を掘り、土砂を後ろにどかす。後ろに立つ別の人がその土砂を受け取り、ナツメヤシの葉で作られた籠に入れてから三人目に渡す。その人は竪坑の口まで籠を運び、上からぶら下がっている綱に結びつけ、外にいる男たちに知らせるため、綱を揺らす。すると外の男たちが綱を引き上げ、土砂を外に捨てて、再び下に戻す。

時々、ビン・グマイエルはコーヒーを一杯飲むとか、用を足すとかするために、自分の場所を誰かに譲った。しかしすぐにまた下に降りて、仕事を再開した。つるはしやシャベルを使い、道を塞ぐ岩を割るために楔を打った。

トンネルはやっと一人が歩けるほど狭いままだった。天井を補強するのに倍の労力がかかるので、幅を広げるのはやめたのだ。水追い師の役割は、水源に向かう経路を外れないように掘る方向を示すだけではなかった。時々外に出て皆が綱を引き上げるのを手伝ったり、土砂を竪坑の底まで運んだりした。

村で大きな婚礼が行われた。父親が婚約を取りつけてくれた後、水追い師のサーレム・ビン・アブダッラーはナスラ・ビント・ラマダーンと結婚した。長いこと村ではお目にかかれなかったような婚礼だ。村を襲った干ばつで、人々は喜びさえ忘れていたのだ。村中が水追い師にお祝いの言葉をかけた。皆の顔を覆っていた落胆から、ようやく抜け出せた自分たちこそを、祝っているかのようだった。二晩にわたって太鼓が叩かれ、女たちが祝いの歌を声高く歌った。一部の村人は家畜を何頭か屠り、皆にその肉を配った。

探していた半身を見つけた種子のように、抱き合いながら二人は眠った。彼は彼女の匂いに浸り、彼女は彼の体に包まれた。彼女の動悸を聞くと、彼の魂が落ち着いた。深い眠りに落ち、母が父の隣で踊っているのを見た。突然、喉の渇きを覚え、水を飲むために起き上がった。ナスラが先回りして彼に水を持ってきた。隣に座った彼女には、夢のことは何も話さなかった。彼女は彼を引き寄せて自分の腕に彼の頭を乗せた。そしてもう片方の腕を彼の上半身に回して抱きしめると、二人でまた眠りに落ちた。

翌朝、トンネルの天井を補強する男たちが遅刻した。まだ作業が終わっていなかったが、アブダッラー・ビン・グマイエルは完成を待たずに自分の仕事を開始した。それから灼けるような喉の渇きを癒すため、水をくれと息子に頼んだ。息子は水の容器を空の籠に入れて下ろしてくれと、外にいる男たちに呼びかけた。水がこぼれないようにゆっくり下ろされる籠をじっと見つめながら、座って待った。時が間延びしたように、竪坑の底に下ろされる綱の動きは重苦しいほど緩慢に思えた。

その時、天井が竪坑の入り口からアブダッラー・ビン・グマイエルが作業している場所まで崩落し、親子の間に仕切りができた。崩落の音と、それに伴う砂埃や小石の攻撃が、水追い師の動きを止めた。ミセーラ村の人々が予想していたとおりのことが起きた。トンネルに閉じ込められた父を助けるため、素早く行動しなければならない。耳を澄ますと、咳込みながら彼を呼ぶ父の声が聞こえてきた。その暗いトンネルを満たした土煙の中から叫んでいるようだった。

「カーゼヤに、あなたの息子がよろしく言っていたと伝えてくれ。ワアリーにもよろしく伝えてくれ。いつか俺と話をしたい日が来たら、お前の母親のお墓に行け。俺はそこにいるから。サーレムよ、遠くから水の音が聞こえる。水の雫が俺の魂を濡らすのが聞こえる。喉が渇いた、息子よ、喉が渇いた。息子よ、あの村はお前の故郷じゃない。お前の財産を食いつぶした恥知らずな村だ。利用するだけ利用して、お前をデーツのように食らって種のように捨てるのは故郷じゃない。サーレムよ、他の村を探しなさい。お前の恩に報いない所は、一時たりとも暮らすに値しない。喉が渇いた。お前の母親の声が聞きたい。笑い声が聞きたい。お前の母親の声は楽園だった。彼女の両手には生命が宿っていた」

サーレムはその場所に立ち尽くした。すべての言葉が彼に届き、心に穴を開けた。時間切れになる前に見つけ出そうと、時に両手で、時に近くにあったシャベルで土を掻き出した。土を掻き出しながら疲れるまで叫び続けた。父親の歌声が聞こえた。父はそこにいる！　そう、父は詩を口ずさんでいた。旋律しか聞こえてこないので、中身はわからない。言葉が鼻歌のように流れてきた。それからまた、閉じ込められた父が繰り返した。

「喉が渇いた、喉が渇いた、喉が渇いた、水、水。サーレム、水はどこだい、息子よ、水はどこ。父さんは喉が渇いた、喉が渇いた、水、水、水が欲しい。水、水、水」

男たちが竪坑の底に降りてきて、地中に埋もれた父親を助けるために、急いで土砂をどけはじめた。サーレム・ビン・アブダッラーは、喉を潤す空気を探して喘ぐ父親の息を聴いていた。彼の心臓の鼓動は弱まり、ついに何も聞こえなくなった。その時彼は、父親が息を引き取ったことを確信した。

男たちはトンネルを開通させるまでその場を離れず、長い時間をかけて、ようやく砂埃で覆われた遺体を発見した。外まで引き出して、竪坑の蓋の前に安置した。水追い師はそこに座って、父親の顔や白髪混じりの頭や乱れた毛髪をじっと見つめた。膝を抱いて頭を垂れ、泣きはじめた。大地がその血管を通して死者のために涙を流すように、地中深く流れる水音が聞こえてきた。

婚礼の夜の翌朝に、水追い師は自分の父を葬った。それから妻を連れてミセーラ村を後にした。心は折れて悲嘆に暮れ、喪失感でいっぱいになりながら帰郷した。

ミセーラ村の人々は、母井戸の場所に辿り着くまで掘削を続けた。天井が再び崩落してこないよう万全の対策を取りながら、数ヶ月かけてごくゆっくりと進んだ。僅かな距離を進むたびに木材や石材で支えて補強した。

砂の中から水が噴き出し、干上がったミセーラ村まで流れ下った。自分の目で確かめなければ、村にデマが広まったと思ったことだろう。触れ役が村中に「地下水路に水が出て、水場は溢れ、用水路の容量を超えた」と大声で伝えた。だがその後で実際に、水が涸れ川の砂の上を、道を切り拓きながら流れるのを目撃すると、もはや自分の目を疑うことはできなかった。

水追い師の方はというと、その帰路は困難だった。父親を地下水路の奥に入らせないよう、いつも口を酸っぱくして注意していた母親代わりのカーゼヤ・ビント・ガーネムに、何が起きたかどうやって伝えよう？　どうやって父親の匂いがしない家に帰れるだろう？　この先、どうやって狂ったように水探しを続けられるだろう？

彼がずっと働いてきたのは、仕事が好きだからではなく、頭の中で鳴り響くあの音を見つけ出すためだった。彼の体内ではいつも水音が聞こえ、静まることがなかった。その音は、幽閉から解放しに来てくれと、岩の奥底から彼を呼んでいるかのようだった。

幽閉から解放するのは間違っているものもあると、心の声が彼に話しかけた。村々に生命を蘇らせる水は、大昔から呪いが込められているから、元の場所にあるべきだったのだと。地中に囚われている水は、地底人たちに守られていると、何回も聞いたことがあったから、父親に起きた事故は、自分に悪さをやめさせるための、彼らの復讐かもしれないと考えた。

故郷に戻った彼は、水の追跡を一切やめると心に決めた。遠い村からもたくさんの依頼が届き、大勢に頼まれたが、彼は耳の不調で以前には聞こえた音が聞こえなくなったと言い訳した。

あらゆる音から自分の耳を塞ぎ、壁の向こうから聞こえていた囁き声も、遠い畑の蝶や小鳥の羽ばたきも聞こえなくなった。耳を塞ぎ、音を沈黙の中に閉じ込め、他人から見れば、耳が聞こえなくなったも同然だった。

カーゼヤ・ビント・ガーネムに事故が与えた打撃は大きかった。特に彼が地底に閉じ込められ、窒息と渇きで死んだと聞かされた時、悲しみが彼女を襲い、衰弱して寝たきりになり、起き上がることもできなくなった。

彼女はナツメヤシの葉でできた敷物の上で、ドアを見守りながら時を過ごすようになった。サーレム・ビン・アブダッラーが入ってくるのを見ると、頭を地面に着くまで下げてからまた上げて、痛みに呻いた。心ここにあらずの様子で、アブダッラー・ビン・グマイエルが亡くなる予感がした時の自分を責め、防げなかった自分の無力さを嘆いた。終わりを見たのに、彼がそれに向かっていくのを自分はただ傍観した。

カーゼヤ・ビント・ガーネムはその敷物の上で、悲しみと心痛から亡くなった。墓まで運ばれた時、まるでからっぽの棺を肩に担いでいるかのように、彼女の体は軽かった。

ワアリーはカーゼヤの死を強く悲しんだ。闇夜を選んで彼女の墓の脇に座り、彼の胸にずっと住み着いていたあの熱烈な想いを伝えた。そしてもっと昔に彼女に聞かせたかった物語の数々を、語り聞かせた。

第九章

乾いたシュロの葉に火がつくように、その報せはあっという間に村の横丁や通りや集会場に広まった。水追い師のサーレム・ビン・アブダッラーは完全に狂って正気を失い、七番目の地層[地面は七層から成るというイスラームの伝承に基づく]に落ち込んだと。

ハムダーン・ビン・アーシュールが言った。

「彼の頭に取り憑いていた井戸のジンたちが彼の脳を蝕んだ」

一方、スワイラム・ビン・オムラーンは頭を振り、意味深長な微笑を浮かべた。早朝に飲んだ牛乳の痕が唇に付くように、その微笑も彼の唇に長く留まった。

サーレム・ビン・アブダッラーがノアの丘の頂きにある硬い岩を掘っていると、皆口々に噂した。その場所で地面に額を押し当てて、地底の音を聞いている姿を見た者がいる。可哀想に、よりによってあの岩の中に水があると、今になって思い込んだらしい。

実際、サーレムは鉄の楔を巨大な鎚で懸命に地面に打ち込んでいた。楔の半分がめり込んだところで少し動きを止め、鎚の太い柄から両手を離して休ませた。それからもう一度、硬い地面に楔がめり込むのを目で追いながら、鎚を打ちつけた。

周囲の山麓にこだまが響いていた。打撃音が山に反響して、遠くの涸れ川の奥まで届き、岩や丘に音が呑み込まれて鋭さが弱まり、消えていくのが彼の耳には聞こえた。

楔全体を打ち込み、少し首が出た部分を周りから叩いて、穴を広げる。岩がボロボロと崩れてひびが入り、再び楔を引き抜くことができるようになる。こうして彼は岩に深い穴を開けた。

その瞬間、彼は楔を脇に置き、鎚を自分の前からどけて、両手を地面について穴の上にかがみ込んだ。穴に耳を当てると、あの滑らかな岩の囁きが聞こえた。岩の内部から響くあの音が、山の奥深く流れる水の音が、はっきりと聞こえた。耳を澄ませば澄ますほど、近くにあると期待させるように音が伝わってきた。その低い囁きが彼の確信を強め、水源に辿り着くために作業を続けた。

彼はこれまでずっと、涸れ川に沿って登るのを常とし、この頂に立ち入ったことはなかった。自分の胸の奥深いところから発する音が彼の足を止めた。しばらく立ち止まって悩んだ。道を左に変更してあの行き慣れない場所に登るか、それともいつものように涸れ川に沿って歩くか?

山の頂を探索したいという気持ちの方が強かった。登りはじめてすぐに、その場所がいかにも心地いいことに気づいた。新鮮な空気を続けて何度も大きく吸い込むと、心が晴れ晴れとした。

山が両側から迫って、人ひとりしか通れないほど狭くなっている岩の谷間を越えると、道が開けて、広々とした場所に出た。チガヤやキョウチクトウが生い茂り、両脇にアクリドカルプスが何本かと、奥に大きなガーファの木が一本、立っている。広くて木陰がある場所だと分かり、彼はここでコーヒーを一杯、飲みたい気分になった。だがこの瞬間にどうやってコーヒーが手に入るだろう?

山の頂上まで登り、そこで少し休憩するために座った。滑らかな大きな岩に寄りかかり、正午前のその時間帯に残されたわずかな岩陰に憩った。その場所の静謐さは彼の心から不安を取り除いた。谷から上ってくる優しい微風に誘われて、眠気を感じたのかもしれない。

山頂まで登り切って疲れた後に、規則正しく打ちはじめた自分の心臓の鼓動に耳を傾けながら、彼は目を瞑った。それから突然、聞こえた音を確かめようと、両目を開いた。

近くを流れる水の音が聞こえたような気がした。微かなせせらぎだが、非常に近い。右に左に振り向いたが、そこに水があることを示すようなものは見当たらない。緑というよりは乾燥していると言った方が近い何本かの低木以外には何も。再び目を閉じ、岩に背をもたせかけながら、音の方向を探るために耳を澄ました。

座る姿勢を変えてから頭を傾け、ちょうど岩が山とぶつかっているところで左耳を地面にピタリと当てた。その時、水音をはっきりと聴いた。あまりにもはっきりと近くで聞こえたので、水が地上を流れていると思われたほどだった。

その岩を手で触ると、感触が軟らかかった。彼はこの手の種類の岩の硬さをよく知っていた。疑いを確信に変えるために、水の手がかりを探して岩の周りを探索したが、その岩以外には何も目に留まらなかった。

帰り道、山頂の下の、木が密集している開けた場所に戻ると、「ここを農園にしよう」と自身に言った。

帰宅が早かったので、妻は出かけていた。妻はこの時間、村人が所有しているナツメヤシ林に飼っている牛たちの餌を探しに出かけたり、近所の女たちのところでコーヒーを飲んだりして、土産話を彼に持って帰るのが常だった。

彼は自分の決意を誰にも言わなかった。それなのになぜ、あっという間に報せが村中に広まったのだろう？

翌日、同じ場所に戻って掘削を始めるやいなや、ハーミド・ビン・アリー長老が岩の天辺に現れた。報せを伝え聞いて、自分の目で確認するためにすぐさまやって来たのだ。しかしサーレムは岩を叩くのに夢中で、近くにいる長老に気がつかなかった。そのまま働き続ける彼に長老が話しかけ、集中を妨げた。

「これがお前の頭が導き出した場所なのか？　ついに硬い岩を叩くようになったのか？」

サーレムは鎚を横に置き、岩に刺さった楔の周りをきれいにしてから、頭を上げずに長老に答えた。

「仕事も財産も放ったらかしにして、わざわざ俺のすることを見に来たんですか？」

「村中が噂している」

彼が暮らす村では、人々の関心は噂話を探して広めることだけにあると分かっていた。彼は黙っていようかと思ったが、すぐに考えを変えて、言った。

「この岩の下には水がたくさんある」

長老は笑った。その笑い声には、今聞いたことに対する不安が覗いていた。

「村はどこも水不足だというのに、お前はこの岩の下に水を探しているのか？　皆の笑いものになりたいのか？」

サーレムはこの短い会話を終わらせるために鎚を手に取り、再び叩きはじめた。

＊＊＊

サーレムが掘削を開始してから一時間もたたぬうちに、丘の上を通りかかったヒラール・ワッド・ミフガーンが鎚音のこだまを耳にし、何が起きているのか見てやろうと好奇心を抱いた。岩の両脇に足を伸ばして地べたに座っている水追い師の姿を見た彼は、すぐに村に走って帰り、その話を広めた。最初に出会ったのはスルターン・サッワールとハミード・ビン・ガーフェルだった。そこから人家やナツメヤシ林が尽きるあたりまで、誰かに出くわすたびにこう繰り返した。

「水追い師がノアの丘で硬い岩を叩いているのを見た」

一時間足らずでサーレム・ビン・アブダッラーは村の集会場や街頭での話の種になった。物語が新鮮で皮肉がきいていて、何よりも刺激的であるために必要な風味づけを施されて。

そこで何が起きているのか自分の目で確かめようと、村人たちはノアの丘まで行った。丘の頂上から現場を見下ろす者もいれば、木や岩の陰から覗いて引き返す者もいた。中には水追い師とごく短い会話を交わす者もいたが、その大半は辛辣な言葉だった。誰もが水追い師が正気を失ったのは本当かどうか、確認しようとしていた。さもなければ、山頂の硬い岩の下に豊富な水があると思い込んで掘ろうとするわけがない。

あらゆる場所に人の目があった。寝ぼけた小さな目、疲れた目、大きな目、恥ずかしがり屋の目、大胆で強い目、こそこそした目。それでも彼は相変わらず岩に向き合って叩き続けた。

噂は彼の妻にも伝わった。ファーティマ・ビント・クサイルの家でコーヒーを飲んでいた時、ガミーラ・マルスーナが入ってきた。ガミーラはいつものように、誰にも理解できない独り言を言っている。実は彼女は「この世に善いことは一つもない」と、独特の訛りと舌足らずと速さで繰り返していたのだが、誰も彼女がなぜそう繰り返すのか分からなかった。理由はどうあれ、眠っていても舌の動きが止まらないので、マルスーナ、つまり「舌女《リサーン》」というあだ名をつけられた。

マルスーナが入ってきて、水追い師の妻を見た瞬間、息を吞んで言った。

「あなた、こんなところにいたの？　この世に善いことは一つもないわ」

「神のご加護を！　この世に何があったの？」とナスラは切り返した。

水追い師の妻は、嫌みを言われて黙って聞き流すような女ではなかった。彼女はひっくり返したカップのように飛び出しそうなほど目を見開いて、マルスーナの言葉に二倍返ししようと身構えた。だがマルスーナは前代未聞のことをした。静かにゆっくりと、言葉を捻り出したのだ。

「ご主人を……見に……行って……頂戴。正気を……失い……山頂に……座り……硬い岩を……砕いているよと……言われているよ」

水追い師の妻は何かに刺されたかのように立ち上がり、マルスーナの首を摑んで懲らしめようとした。ハミーダ・ビント・ハミースが二人の間に割って入り、マルスーナの言葉を確かめた。

「どこに座っているって？」

「ノアの丘」

ナスラは気を落ち着かせようとしながら、村の通りを走った。

彼の真後ろに立ち、涙目でスカーフを噛みしめた。押し殺したすすり泣きが彼の耳に届き、彼女だと分かった。作業を中断して立ち上がり、笑顔を向けて言った。

「この荒れ地を見て。ここに自分の農園を作るよ」

「あなた、大丈夫？」

「大丈夫、大丈夫。確かに正気じゃないけど、大丈夫だよ」

彼女は激しく泣きたい衝動に駆られたが、すすり泣きながらも何とか言葉を発した。

「でもこれは硬い岩よ。誰があなたにそんなことを？」

水追い師は笑い声を上げ、その太い笑い声が山々にこだました。その笑い方は妻の恐怖心を増すのに十分だった。彼は慌てて言った。

「ここに活発な清水の源がある。この岩に穴が開けば、水が湧いて下まで流れるよ」

妻は首を振り、家に帰ろうと背を向けた。帰り際に彼に言った。

「お父様が亡くなった時、あなたは水を追うのはやめる、水の仕事はしないと言ったはずでしょう」

夫の返事を待ったが、彼は長いこと黙っていた。彼女は彼を置いて立ち去った。

坂を下りながら、彼の方に絶望した眼差しを向けると、彼が岩を動かそうとするかのように抱きつくのが見えた。その一瞬だけでも彼女の心を引き裂き、残っていた僅かな平安を奪うには十分だった。涙が再び目に溜まり、道が見えなくなった。スカーフの端で頬や顔全体から涙を拭うために立ち止まった。自分のすすり泣きが山々にこだましないよう、唇を強く噛んだ。

水追い師は誰が来ようと誰が去ろうと気にかけずに働き続けた。そしてついに岩に小さな割れ目を開けることに成功した。時々、耳を地面に当てて、内部で道を拓きながら流れる水の音に耳を傾けた。まるでそれを聴く瞬間が、倦むことも絶望の奔流に押し流されることもなく、仕事を続ける動機を彼に与えているかのようだった。

正午になると鎚を持って丘を下り、ガーファの木陰で休憩した。その濃い木陰で彼はデーツをいくつか食べ、コーヒーを数杯飲んだ。それから灰色のターバンを枕にして横になり、目を閉じた。活力を取り戻すには数分で足りたが、太陽が中天から少し傾き、西の頂の陰が伸びるまで待った。

日が暮れるまでの最後の数時間、彼は何度も岩に小さな割れ目を開けようとした。だが狙い定めた場所に楔がめり込むことを防ぐ力が中から押し戻すかのように、楔は毎回、跳ね返った。立ち上がり、岩をほうって山を下りそうになったその時、彼の方へ登ってくる足音が聞こえた。耳を澄ましてその主が分かると、彼の表情は明るくなり、その訪問者が姿を現わすまで作業を中断した。

ワアリーは水追い師のことも、彼が掘っている場所のことも気にせず、岩に背をもたれさせて座り込んだ。山を登った疲れで喘いでいる。呼吸が落ち着き、鎮まるまで時間が必要だった。だが息が整うやいなや彼は笑いだした。白いあごひげに涙がこぼれるほど笑い続けた。水追い師は彼の顔を見ながら微笑していた。山を登ってきた影響が消えるまでかかったのと同じだけ、笑いの虫が収まるまでに時間が必要だった。何かを言いかけたが、笑ってしまって言えなかった。笑いを呑み込み、しばし黙った。それから水追い師の目を見て言った。

「お前のせいで村中、ひどいことになっているよ」

そう言った後にまた、さらに大きな声で笑いだした。水追い師は地面に目を遣りながら、ワアリーの喉から出る轟きを聴いていた。ワアリーはそれが最後の息かと思わせるほど強く息を吐き出し、それからまた胸が裂けるかと思われるほど大きく吸い込んだ。

だが突然、彼は笑うのをやめて立ち上がり、水追い師の隣に立って言った。

「教えてくれ！　ここに何を見つけた？」

水追い師は水に辿り着く方法を説明しはじめた。湧水に届くまで岩に穴を開けられれば、水が来る方向が分かり、その源まで追跡できる。

「水が出てこなかったら？」

ワアリーが注意深く訊いた。水追い師は右手を伸ばし、岩を指しながら答えた。

「水はここにある。目の前にあなたが見えるのと同じくらい確信しています。でもどうやったらこの岩を砕けるか」

「砕けなかったら？」

水追い師は大声で笑いながら答えた。

「何も。『人貧しければ智短し』とでも言われるでしょうね」

陽が遠くの山並みの方に傾いていた。その場所に太陽が沈むと、再び日が昇る時まで万物と人間は暗闇の中に取り残されるのだった。

二人は丘を下りて村に帰った。道すがらワアリーは、その日に聞いた村に溢れる噂や物語を、笑いを誘うような細部に至るまで水追い師に語って聞かせた。朝から思い出せる分だけ、一つ残さず話した。

水追い師の妻ナスラ・ビント・ラマダーンは、彼に仕事を諦めさせようとした。棘のように突き刺さる村人たちの言葉の奔流を止めたかった。女たちは私たち夫婦のことをほくそ笑んでいる。掘るのをやめて、水の追跡を初めて誤ったと村人たちに認めて頂戴と、言葉を尽くして頼んだ。これ以上、彼女が傷つかないよう、どんな言い訳でも探して欲しい。自分は一人ぼっちで子どももおらず、家族は彼しかいないのだから。

水追い師のサーレム・ビン・アブダッラーは、この村に何の財産も持たなかった。水路で灌漑されるナツメヤシの林もなければ農園もない。他人のナツメヤシ林で働く強い腕さえなければ、日々の食べ物にも事欠いた。

失敗しても何も損しないと、彼は妻を説得しようとした。岩の下から泉がいくつも湧いたとしたら？　斜面を水が流れたら？　自分たちの農園が持てたとしたら？　ここでやめたら自分の夢を失い、実現できるかもしれないものを失うと訴えた。他の人たちは彼が貧乏なままでいることを望んでいる。でも自分は彼らに雇われる立場から解放されたい。妻が彼らの望みを優先し、夫の望みを邪魔するなんて、筋が通らないだろう？

そこで彼女は泣きそうになりながら言った。

「でもあの人たちの言葉が突き刺さるのよ」

彼は大きな声で笑った。その笑い声は家の敷地を越えて、静まり返った夜に広がった。

「今はそうでも、水が出たら悔しがるのは奴らの方さ」

彼女は自分が何を言っても無駄だと感じた。彼の固い信念を挫くものは何もない。彼女も心の底では彼を信じていた。しかし村人たちの間で暮らしている限り、彼らの口から逃れることはできない。

彼らは今や、彼を狂人呼ばわりしていた。たった一日の間に、彼を様々に形容する人々の声や姿を、様々な場所で彼女は見聞きした。不幸を喜ぶ声もあれば、信じられないという声もあった。助言する者もいれば、彼女が苦しむのを喜ぶ者もいた。彼女はこの村で独りぼっちだった。

彼女は初めて自分が消えてしまいたい、見えなくなりたいと願った。地底に呑み込まれてどこかに潜ってしまいたい。違う場所で暮らして、彼らの目が届かないところで夫に掘ってもらいたい。

水追い師は自分に人々の目が注がれていると重々承知していた。山を登っても谷を下っても、喜んでも悲しんでも、外出しても家にいても、自分の動きは全て見られている。この村では誰も、他人の目の届かないところで行動することはできない。

しかし村のあらゆる噂話は、どんなに大きくなってもいつかは消えることも彼には分かっている。いつかまた別の噂話が生まれ、皆はそれに夢中になって彼の話を忘れるだろう。だから彼は自分の大きな手で妻の涙を拭いながら言った。

「神は耐え忍ぶ者と共におられる」

自分の村の人たちは弱者をいじめ、哀れな人たちの不幸を喜ぶと、水追い師は妻に話した。だが彼らの長老や上に立つ人たちに同じことが起きても、何も言わない。その場合には欠点が英知に見え、狂気が賢さや分別に見えるのだ。高い地位にある人は、目が見えなくてもその地位ゆえに目が見える人となり、臆病者も金や家柄次第で強者になる。ところが何の後ろ盾もなく、地位を上げてくれる財産も持たない貧乏人は、悪口の餌食になって、あらゆる所をつつかれる。

夜が深まり人々の動きが鎮まった頃、水追い師の目は睡魔に捉われ、そよ風に吹かれて草が波打つ、緑豊かな自分の農園を夢で見た。岩の下から湧き出た水が水盤に流れ落ち、農園を目指して用水路を流れている。ナツメヤシの木々が農園を見守り、レモンの木が周りを取り囲んでいる。

眠りが彼を別の世界、別の夢へと連れていく。自分が井戸の縁に立って、何かが出てくるのを待つように底を見つめているのが見える。それとも井戸の中に動くものを認め、それが何か確かめようとしているのか。

たくさんの夢が行き交う。水追い師は一つの夢から覚めては寝返りを打ち、右手で顔を拭って信仰告白《シャハーダ》の文句を二回唱え、夜明け前の礼拝の呼びかけ《アザーン》が聞こえてくるまで、また眠りに戻った。

水追い師の家は村の街区から離れた一角にあった。家は小さく、隣の囲いには牛一頭と羊三頭が飼われており、その先はナツメヤシ林を一望する崖になっていた。つまり隣家は一方の側にしかなく、家の裏手には山がそびえていた。

水追い師のサーレムは妻が牛の乳を搾り終わるのを、牛舎の入り口で立って待っていた。彼女が出てきて彼に器を差し出すと、彼はデーツを中に入れて牛乳と混ぜ、全部飲み干してから彼女に器を戻した。それから彼は、岩の牢から救ってくれるのを待っている泉を目指した。

ノアの丘は村からはそう遠くなかった。村の東境に位置していたので、水追い師が自宅からそこに到着するのに長くはかからなかった。ガーファの木のそばまで来た時、岩を掘りはじめるにはまだ時間が早かったので、その木の辺りを整地しようと考えた。昼寝をしに家に戻らなくても、そこで休憩できるようになるだろう。

荷物をガーファの木に引っ掛けて少し登ると、早朝のアクリドカルプスの大木の根元に湿った土が見えた。指でほじくると、土は木の根まで続いていた。彼は二つの可能性を推測した。早朝の冷気のせいで湿っているだけか、山の奥深くに流れている湧水の跡か。

木の根元近くに耳を当て、地中に耳を澄ましたが、何も聞こえない。彼は「水はここじゃない」と心の中で呟いたが、それもまた、水が近いところにあるという希望を膨らませた。例の岩の隣に着くと、あらゆる方向に湿った土を探したが、まるで見つからなかった。

さらに数メートル離れた岩場の一角を探った。あの磨いたように滑らかな硬い岩とは性質が異なり、その一角の黒い岩は硬くなかった。岩と岩をつなぐように隙間から土を覗かせながら、あの滑らかな岩の際まで続いている。

そこに楔を打ち込むと、ボロボロと崩れはじめた。簡単に穴が開けられたので、彼は計画を変更し、そこから岩の下に潜り込むように深く掘って、湧水の通り道を指し示す土の中の出口を見つけることにした。

楔を打つと岩はどんどんと崩れ、鋤で破片をどかすと小さな穴が現れた。穴の上はあの滑らかな岩で塞がれ、下からは土と黒岩が覗いている。

そこからは、もっと広くもっと深い穴を掘ることができるようになった。岩の奥に隠れている水のありかを迂回して、あらゆる方向から栓を探し、攻略する必要があると彼には分かっていた。

そうだ、水にも栓がある。これが長年、水を追いかけた仕事の経験から水追い師が学んだことだ。彼の表現によれば、小石や砂の土壌の地表近くを流れて「取りにおいで」と言っている気前の良い水もあれば、柔らかい堆積土に住んでいて、湿った土の感触から水量豊富なように見せかけて、欺く水もある。実際にその水を追いかけて地面を掘り、水路を開いたら、時間と労力を失うことになる。その泥に住まうために水源から湧いてきた、僅かな水滴を追いかけていただけだったと、後で悟ることになるからだ。その源を追いかけようとする者もいるが、掘れば掘るほど少しずつ水位が下がり、水は手に入らず、願うとおりに水は溢れてこない。

小石と砂の間に蓄えられた涸れ川の水もある。この手の水は通常、村々を潤す地下水路に豊富に注ぎ込む。しかし雨に依存しているので、数ヶ月雨が降らなかったら水量が激減し、地面が乾いて干ばつが広がる。数ヶ月、あるいは数年も、そのまま恵みの雨を待つことになる。

だが水追い師を魅了するのは、岩に潜む湧水にほかならない。白い火山岩の地層の奥底から湧き出る清水だ。どこからその絶えることのない湧水がやってくるのか誰も知らない。干ばつが何年続いても、豊穣が何年続いても、水位には多少の変化もなく、滑らかな岩しかその住処を知らない。

岩の奥を流れる水音が自分を陶然とさせるこの泉は、秘宝のようだと水追い師は言う。この泉は人にその詳細を正確には教えない。存在するようで音は聞こえる。ところがそこまで辿り着くのは簡単なことじゃない。外に引っ張り出すためには経験が要るし、頭を使う必要がある。

その場に陽光が照りつけた。水追い師の大きな両手が握った鎚が、楔の上に打ち下ろされる。楔は山の体を一口一口、嚙み砕いていく。打撃が繰り返されるたびに穴は大きくなり、ようやく深さ一腕尺に達した。

＊＊＊

なんと悩ましい水音か。なんという大岩が、泉の前に立ちはだかっていることか。

彼は礼拝中にひれ伏している時にも、恋人を思って熱情が溢れだす人のように、あの音色が聞こえて我を忘れた。睡魔に身を任せるたびに、水が岩の中の道を切り拓いて流れ落ちる夢を見て、棘の上に横たわっているかのように左右に寝返りを打ち、疲れ果てるまで眠れない。目を覚ます前には、家の壁から音楽の調べが漏れ聞こえてきて、夢を遮り、朝の気分を乱した。

ある時、地べたに体をピッタリとつけ、岩の奥の水音を聞いていると、突然、激しい頭痛がして、目が見えなくなりそうになった。最近、悩むようになった頭痛を振り払うため、彼は目を瞑った。頭痛は頭全体を捉え、左右にガンガンと響いた。

彼の頭をせせらぎが満たしている、あの水のために小さな通り道を開けてやることがどうしてもできない。あの場所に近づくと、喪失感に苦しむ心に染み入る静かな音楽のように、水音が彼の両耳に染み入った。だが彼は岩より頑固だった。周囲の人たちの嘲笑が、さらに彼の頑なさを増した。水を追跡する能力を持つ彼に助けを求めた同じ人々が、岩を行き来する彼を見て目配せし、陰口を叩くようになった。まるで彼一人のためだけに水を追うことが彼らを傷つけたかのように、その痛みをごまかすため、彼を嘲笑し続けた。

彼は冷静に考えて、岩をてっぺんから割ってみることにした。だが岩に登る前に、岩の硬さを中から少し和らげてくれるものが必要だった。このような岩には力任せは通用しない。軟らかくする工夫が必要だ。そこで二十玉のニンニクを潰してよく練るよう妻に頼み、岩の上に登って、滑らかな表面にそのペーストを塗りはじめた。

彼は二日に一回、ニンニクを塗り続けた。ついに家にニンニクが一片もなくなるまで続けた。

ニンニクの話も村人の間に広まり、ある若者が馬鹿にして言った。

「大変だ。山全体が崩れるよ」

別の若者はニンニクの空き容器を持って戻ってくる彼を見て言った。

「ニンニク一斤はいくらですか?」

村の女たちはデーツとコーヒーよりも朝を楽しくしてくれるものを見つけたとでもいうように噂話を垂れ流し、山から流れ落ちる滝のように長い笑い声をあげた。

二週間後、岩が楔と鎚を迎え入れる用意が整ったと、水追い師が判断した日がやってきた。岩の硬さに立ち向かいながら登ろうとした寸前、坂の方から自分の名前を呼ぶ声が聞こえてきた。その闖入者が誰か見るために、彼は動きを止めた。

片手に鎚、片手に楔を持ち、じっとその場に立って、そのよそ者が登ってくるのを見ていた。時折、岩の内部を流れる水の深さを測るかのように楔を鎚に打ちつけて、その音の反響に耳を澄ました。叩いてはその響きに耳を澄まし、同時に近づいてくる男を見つめた。

三十歳くらいの中背の男が白い長衣《ディシュダーシャ》を着て、端に房飾りが付き、刺繍が施された鮮やかな青色のターバンを被っていた。腰には弾薬を詰めたベルトを締め、左肩には小銃を掛けていた。彼に挨拶してデーツとコーヒーを差し出し、干ばつや水不足で村人に見捨てられ、死んだ村々について語りだした。

コーヒーを啜ってから訪問者がサーレム・ビン・アブダッラーに尋ねた。

「あなたが水追い師ですか？」

「ああ」

「あなたに会いに来たんだ。皆に教えられてね。私はモフセン・ビン・サイフという者です。死んだ村があって、村人は私しか残ってません。村の水路を見てくれませんか」

水追い師は頭を上げて相手の目をじっと見つめ、即答した。

「だいぶ前に水追いは辞めると自分に誓った」

そして自分の父親に起きたことを、このよそ者に語った。水追いは二度としないと決意したこと、そのあとの数年に起きたこと、水追いを依頼しに死んだ村々から彼のもとを訪れた人たちのことを語り、こう締めくくった。

「無駄だよ。この土地の水は腐っていて、腐った人間しか育たない」

男は水追い師の顔と、この数年でできた険しい表情を見つめた。するとその目に微かな光が宿っているのが見えた。歳と共に弱まったかもしれないが、光は確かにそこにあった。それから彼の大きな耳とその際に生えている毛髪を眺め、彼の全てがどこか奇妙に感じた。男は言った。

「人々の腐敗を変えることはできなくても、そこから離れることはできますよ」

水追い師は頭を振り、岩の方を向いて手で撫でた。それから男の方に向き直り、微笑みながら言った。

「何もかも消え去る。人々も村々も、知っている人たちの消息も物語も。何もかも消え去り、我々に残るのは痛みだけ」

モフセン・ビン・サイフは水追い師の肩に手を置いて言った。

「その痛みは全て止められます。あなたを拒絶する村は捨てればいい。よそ者であっても、尊厳を持って暮らせる村を探せばいい。自分の病をうつそうとする村で暮らすことはない」

「どこに行けばいい？」

「水路で働けばいい。水が出れば、村の半分はあなたのものだ」

水追い師は眉間に皺を寄せ、相手の頭が錯乱しているか狂っているか、見極めようとするかのように、その顔をじっと見つめた。男は彼の考えを遮るように言った。

「私は狂ってなどいませんよ。これは合意です。私と一緒に来て水を探すんです。一緒に水路を掘る人たちも雇うし、水が出たら村の半分は約束どおりあなたのものだ」

水追い師は自分の岩に振り向き、撫でながら考え込んだ。あれだけの時間を費やして岩を砕こうと試みたのに、今さら手放せるか？　あれほどの中傷を耐えたというのに、簡単に去れるか？　だがこんな申し出をどう断る？　水を見つけたら村の半分は自分のものになる。この村を離れて、彼を知る人が誰もいない場所で安らかに暮らす。妻はどうだろう。同意してくれるか、それとも水追いを辞めるという決断を翻したらどうなるか、警告されるだろうか。ニンニクの効果を確かめたいのに、ここで岩を掘ることをやめるのか？

時刻は正午に近づいていた。水追い師は男を昼食に誘った。男は二つ返事で承諾し、二人は一緒に山を降りて水追い師の家へ向かった。

昼食後、水追い師のサーレムはワアリーを訪ね、一緒に家に来てくれと頼んだ。訪問客は水追い師に話したことを、ワアリーにも繰り返した。サーレムは目の前の問題を、この年老いた友に相談したかった。しかしワアリーは水追い師の家の中庭にあるナツメヤシの葉でできた応接間で、両手から砂埃を払い落とすと、長い溜息をついて黙り込んだ。

サーレムが問いかけるように見つめると、ワアリーは彼に微笑んでから、訪問客に尋ねた。

「これはサーレムが地下水路を掘って水が出た場合の話だが、何も出なかった場合はどうなる？」

モフセン・ビン・サイフは顔に何かついている気がして、それを拭いながら答えた。

「日給二・五ピアストルを払う」

ワアリーは自分の利益になるよう話をもっていく男の正確さと素早さに感心した。水追い師も質問した。

「俺が下にいるときに水路が崩落したらどうなる？」

モフセン・ビン・サイフはその奇妙な想定に驚いて言った。

「なぜあなたの上に崩落するんです？　なぜ良いことより悪いことを先に考えるんです？」

水追い師は俯いて座っていたが、頭を上げ、客の顔を見て言った。

「一瞬の間に何でも起こりえる」

男はワアリーの方に視線を移してから答えた。

「あなたの金は全部、奥様にお渡しします。あなたのものは全て彼女のものになります」

ワアリーはこれら全てを記した契約書を書くよう提案した。

「契約書を交わそう。この世では生と死は隣り合わせだ。全て保証が必要だ」

こうしてモフセン・ビン・サイフは頼まれたとおりに契約書を書き、ワアリーが証人になった。

サーレムは妻に訪問客とその村の話を語り、グバイラの地下水路で働きたいという意思と、ワアリーの立ち会いの下で男と結んだ合意のことを彼女に伝えた。彼女は一言も発することができず、長いこと彼の顔を見つめるばかりだった。

数年前、喪失に肩を落としながら帰郷した時のことや、父親の上に水路が崩落した時の彼の様子を思い出し、彼女は慄いた。水路で水を追う仕事に戻るという考えは、彼女を不安にさせた。彼女はいつも礼拝の後、彼がまたそんなことにならないよう神様に願ったものだ。二人で暮らしていけるだけのものがある限り、落ち着いて今の暮らしを続けてほしい。だが夫が例の岩を掘りはじめると、何年経っても彼の考えは頭から消えていなかった、神様は自分の祈りに応えてくれなかったと感じた。

彼女の涙が頬を伝って流れ落ちた。彼は彼女の手を握り、自分は戻ってくる、そうしたら彼女を連れてこの村を永遠に去り、二人で新しい村で自分たちの農園を再興しよう、と静かに言った。

合意の内容と、未知の世界から降って湧いたこの大きな好機について、あらためて彼女に説明する彼の声の穏やかさが、彼女の胸に滲みた。

他人に行き先が知られないよう、水追い師は翌日の未明にモフセン・ビン・サイフと出発すると約束した。妻にもそのことを内緒にするよう伝えた。永遠に終わらない村の噂話に対抗するには秘匿するしかない。だが彼が恐れていたのは、誰かが口を挟んで、自分の不在中に妻を不安にさせることだった。

水追い師はモフセン・ビン・サイフと一緒にミスファー村を出て、どれ程の広さがあるのか分からない未知の世界へと向かっていった。今回だけは、水を追いたいという願望に動かされるのではなく、利益のためだけにどこかに向かっているのだと実感した。彼の耳はまだあの山頂の岩と、頭の中を流れるせせらぎの音に捉われていた。しかし旅路を進むにつれて、あらゆる方向から聞こえてくる音に耳を傾けるようになった。音を一つ一つ把握し、同伴する男の後ろをゆっくり歩く時もあれば、急いで追い越したり、傍らを歩いたりする時もあった。まるで動作を音に調和させる境地に至ったかのようだった。

死んだ村に向かって二人が歩いて数日が経った。途中の村々に何度も立ち寄り、人夫を募った。モフセン・ビン・サイフが話しかけ、相手が納得するまで交渉は長びいた。モフセンはいつも、水追い師を紹介するところから話を始めるのを好んだ。彼の評判は広まり、名声が遠くの村々まで届いていたからだ。人々は彼を一目見ようと集まってきて、水のことや訪れた村々、彼にまつわる噂について尋ねた。彼はその一部を肯定したが、大抵の話は否定した。信じられないような尾鰭がつけられていたからだ。

その噂話の一つはこうだった。彼はワディーヒーという村で長いこと水を探し回ったが見つからず、気が狂いそうになって、涸れ川の石を二つ拾って自分の頭を叩きはじめた。ある者たちはジンが村を罰するために水を地底に隠したと言った。また別の者たちによれば、村を通りかかった魔法使いが一人の少女を気に入り、家族に結婚を申し込んだが断られた。魔法使いはまじないを唱えて村の水を引き寄せ、まるで絨毯のように畳んで肩に背負い、村から出て、山々の合間に消えた。村人たちが彼の後を追ったが、影も形もなかった。

村を通りかかるたびにモフセン・ビン・サイフは村人と交渉し、一人か二人の人夫を獲得できることもあったが、大体は叶わなかった。だが水追い師は心配しなかった。五人もいれば水路の作業には十分だ。彼が本当に心配だったのは、地下水路の位置、土壌の質、石や土の性質など、まだ何も見ていないことだった。水路の古いトンネルの状態は？　まだ元のまま残っているのか、崩れたのか？食糧や飲み水が不足した時に、助けを求められる村が近くにあるか？

道中、仲間たちの口からは、かつての豊穣と、それに対して今、村々を襲っている干ばつのこと、地球の果てまで旅に出て戻らなかった人たちのこと、干ばつが生んだ飢餓や戦争のことなどが次々と語られた。物語は増え、広がり、数え切れないほど多くの場所まで旅をした。長い道のりを短くするには物語が必要だった。

死んだ村に到着した時、水追い師はその場所に土埃が積り、廃墟と農園の残骸が広がっているのを目の当たりにした。石垣が倒れ、用水路が崩れていた。辺りには寝泊まりできる家一軒見当たらない。すでに冬が到来したその時期、冷たい風が強く吹き、夜になると激しさを増して肌や肉を突き刺し、骨まで凍みた。だが彼らは村を見下ろす大きな洞穴を見つけ、地面を掃いて滞在できるよう整えた。

彼らは水源を探して近くの涸れ川に散り、砂利の堆積の中から流れ出る小さな湧水《ゆうすい》を発見した。その水は泥と混じって地面に潜っていく。彼らは湧き水を溜める小さな水盤を泥で作り、飲み水と調理用の水を確保した。それは自分たちの洞穴から近い涸れ川にあり、山の峰を一つ越えれば辿り着くところにあった。

住む場所が整ったので、次に彼らは水追い師と共に地下水路の探索に出かけた。一人が地下水路の入り口から中に入った。トンネルの天井は低かったが、人が入るには十分だった。彼は鎚を持って奥まで進んだ。一つ目の竪坑に辿り着いた彼は、壁を叩き、叫び声を上げた。それを聞いた他の者たちは竪坑の入り口から石や瓦礫を取り除き、蓋を見つけて開け放った。開けられた穴から光が射し込み、地下水路の一部が照らし出された。水路の主線が涸れ川に沿って地底を上っているのが中にいた男に見えた。

その時、水路の奥から轟きが聞こえ、男は戦慄して叫んだ。数秒も経たないうちに、光に驚いて眠りから目覚めたコウモリの群れが襲ってきたのだ。彼は本能的に壁に向いて体をくっつけ、頭を両腕で覆い、コウモリが竪坑の穴から出て、遠く山の頂に飛び去るのを待った。

トンネルが広がり天井も高くなったところで、もう一人が中に入り、二番目の竪坑を探しに二人で暗闇に消えた。それも見つかり蓋を開けると、光と空気が入り込んで、トンネルの壁の四方と細部が明らかになった。

日々が過ぎ、作業は続いた。トンネルが涸れ川を貫き、仲間たちは竪坑を次々に開けていった。だが二十一番目の竪坑に辿り着いたところで、行き止まった。昔、水が通り抜けていた穴に、人が通れるだけの幅がなかったからだ。一人が外にいる男たちに叫んだ。

「この水路には輪っかがある」

地下水路に輪がある意味を、人夫たちはよく知っている。人が通り抜けられないところで岩に丸い穴を広く穿ち、そこは素通りして、次の竪坑から再び入るのだ。皆は這って輪をくぐり抜けようとしたが、彼らの体は穴より大きかった。彼らは諦めて外に出ると、次の竪坑に辿り着く道を探した。

水追い師はモフセン・ビン・サイフがいつも手に持っている杖を使って竪坑の間の距離を測り、等間隔に並んでいることに気づいた。それで二十二番目の竪坑の位置を探り出し、ついにその蓋を見つけた。人夫たちはそこから中に降り、終点を探して進入を続けた。

その時まで、水追い師は地中の音に耳を傾けなかった。砂利や岩や土で埋まったその巨大な涸れ川に潜む水脈を探って、地層の向こう側の音を聴く機会を自分の耳に与えなかった。彼は人夫たちと一緒に地に潜り、水路の古い支線のありかを発見し、土砂を取り除いたり、奥まで入り込んだりした。時に背を曲げ、時にまっすぐ立って歩き、とても低い場所を通るために腹ばいになる時もあった。

一ヶ月の作業で全ての竪坑を発見し、トンネルに入ることができた。水路は全て元のまま、頑丈に維持されていた。あとは水源を探すだけだと思われたが、母井戸に辿り着く手前のところで天井が崩落し、水路の跡が消えているのを発見した。岩が水路を塞ぎ、強力な壁となって、地中深くに延びている水脈を探すのを妨げていた。

以前と同じように竪坑の間の距離を測り、母井戸を探したが、見つけられなかった。円を描くようにあらゆる方向を掘ってみても、結果は出なかった。人夫たちの心に絶望が入り込んだ。何もかも埋もれて消えてしまったのだから、続けても無駄だと思いはじめた。

水追い師は目を閉じて、長い間抑えていた両耳の能力を解き放った。音を辿って地中を旅した。仲間たちは夕方の仕事を終え、洞穴の住処に戻るところだった。歩いて帰る彼らの足音が聞こえてきた。彼が何をしているのか分からず、その場に置いて帰っていく。仕事で疲れたので少し休んでから追いつくつもりだろうと彼らは思っていた。水追い師にはその沈黙が必要だった。微かな音がそこを伝わってくる、あの同志が必要だった。すぐに彼は耳を澄まし、昔と同じように、周囲のあらゆる物音を聴き取った。

再び頭痛が戻ってきた。頭が重くなり、激痛で目が真っ赤になった。母が悩まされていたという頭痛について、カーゼヤ・ビント・ガーネムがしてくれた話を思い出した。母の頭を叩き続けたのと同じ鎚が今、自分の頭を叩いていて、自分が感じる全ては母からの遺伝なのかもしれないと、なぜかそう思われた。

翌日、彼は仲間たちに、水との距離はたったの数メートルだと伝えた。探している母井戸は自分たちの足元にあり、瓦礫が水源を塞いでいるが、間もなく辿り着けるだろうと説得した。

その日の朝から掘削をやめると決めた夜までの間、彼らは水一滴見つけることができなかったし、近くに水があると予感させるような濡れた土も見つけられなかった。数メートルにも及ぶ長いトンネルを掘ったが無駄だった。現場に入るたびに水音が彼の耳を圧倒したが、その姿は見えなかった。

一人が言った。

「もう俺たちが知ってる水追い師じゃない」

別の一人が言った。

「年取ったんだろうよ」

嘲りの言葉が彼らの口から降り注いだ。

翌朝、彼は皆が出発する前に戻ろうと、自分の荷物と道具を持って出ていった。現場に着くと、近くに水の音が聞こえる場所を鎚で叩き出した。

一同は出発すると決め、荷物と道具をまとめた。水追い師が先に出ていったことに気づいたが、もう大して用はなかったから、そのまま立ち去り、戻らなかった。

水追い師は全力で掘った。握った鎚を岩に振り下ろし、砕き、土砂を後ろにのけて、トンネルを掘り続けた。指で穴をこじ開け、頭を占領して彼を悩ませる、あの音の後を追った。ノアの丘の岩との経験を思い出し、きっとあの岩の中に水はないと確信した。全ては彼の頭の中だけのことなんだ。きっとこの音は本物じゃない。そう絶望した重々しい瞬間、彼はトンネルの真ん中にある岩に全力で鎚を振り下ろした。岩は崩れ、轟く奔流が水路に満ちた。水追い師は何も摑むものが見つからず、水に押し流された。

第十章

湧水が突然、噴き出した。岩の奥深くに溜まっていた川が、水追い師の顔に勢いよく向かってきた。その存在を警告してくれる水の一滴も、指し示す湿った土もなかった。岩肌に突き刺した楔に鎚を振り落とした時、彼は絶望の極みにいた。岩は崩れ、細かい砂に変わり、突然、激しい波が彼の体に打ち寄せて、彼はその場に踏みとどまることができなかった。波に運ばれ、強い力で押された彼の体は岩のトンネルにすり潰されそうになった。何度も岩にぶつかり、その衝撃で気を失いそうになった。体がもんどり打ち、曲がりくねるトンネルの中で水の渦に弄ばれた。肘を傷つけ、角に突き出た石に膝を打ちつけ、頭が裂けて一筋の血が濁った水に混じった。

まるで水路が異物を吐き出そうとしているかのように、水は彼を運んでいった。彼はそれに抗い、何かにつかまってバランスを取り戻し、その強い力を押し返そうとしたが、流れる水の勢いによって、どこかを摑もうとするたびに引き剝がされた。

彼がかつて働いたことのあるいくつかの地下水路も、水の勢いが強かった。しかしこの日のように、突然流されたことはなかった。いつも彼と仲間たちが竪坑に駆け込んで、綱を摑む時間の余裕があった。ところがこの日は考える暇も、自分が助かるよう行動する間もなかった。

水に運ばれ、暗闇と流れの強さに翻弄されて、どうすればいいか分からなかった。狭い場所に追い込まれた魚のようにジタバタし、引きずられながら逆さまになり、球のように丸まったり、頭が腕より前に出たり、ひっくり返って足が先に持っていかれたりした。

水が流れて出口に向けて進むにつれ、水路の底に溜まった土壌が攪拌されて、水の色は地面と同じように黒ずみ、泥や土や砂と同化した。

彼は窒息しそうになり、手足は抵抗するのに疲れ、腕の筋肉が攣《つ》った。痛みのあまり叫んだその時、水が口に入り、彼を黙らせた。水が喉に入った途端、むせて水を吐き出そうと激しく咳込んだり、息を吸ったり吐いたりした。泥混じりの生ぬるい水が目に入って涙が出た。涙が鼻水と混ざり、痛みが鼻と喉に下りていった。さらにその時、頭が水路の壁にぶつかって彼は気を失い、体が沈んでそのまま流されていった。

気を失って、彼は遠くに行きついた。すると深淵から彼を呼ぶ声が聞こえた。井戸の底に住む女の声だ。女がやってきて、溺れ死んだ彼の遺体を引き上げた。それから遺体を引きずって、葉が青々とした木の陰に横たえた。

女が木の下に寝かせた彼の体は、破れた腰巻き《イザール》でわずかに覆われている以外は裸だった。周囲からたくさんの声が聞こえてきた。泣いている女の声が聞こえ、自分の頬に落ちる彼女の熱い涙を感じた。少年たちが笑いながら囁いている。

「溺死者の子だ。溺死者の子」

目を開くと、木の枝に鴉《からす》が止まっているのが見えた。それらの声を気にすることなく、一本足で羽毛を膨らませている。彼の頭に疑問が浮かんだ。どこにもう一本の足を置いてきたんだ？　鴉は無言で羽毛を膨らませている。それから鴉は木の根元に目を遣り、彼と目を合わせた。鴉は彼の存在に驚いたように見えた。しばらく頭を上げて動かした後、また彼の方に視線を据えた。五回目に彼を見た鴉の目から一粒の涙がこぼれた。そして突然、続けて何度も鳴きながら、遠くに飛び去った。

若い女が彼を担ぎ上げ、彼の小さな足を摑んだ。彼女は歌ったり笑ったりしながら、彼の両足をくすぐったり、擦り合わせたり、足の裏にキスしたりした。彼は自分の小さな顎を彼女の頭と首の境目にあてて、彼女の匂いを長く嗅いだ。それから少しずつ眠たくなった。彼が目を閉じると、彼女は彼に子守歌を歌い、その美しく甘い歌声が彼の耳と心に滲み入った。

夢と現の境目が存在しない場所で、美しい夢から流れてくる歌声の甘さに浸っていたその時、彼の体が輪に激突した。水路の水が通り抜けるあの丸い穴だ。穴に嵌まった彼の体は、水の流れが外に出るのを防ぐ栓になった。そう、彼らには通り抜けることができなくて、地上に出て次の竪坑に進むことにした、あの輪の部分に彼の体が引っかかったのだ。そのために水の流れが塞がれて水位が上昇し、トンネルいっぱいに満ちはじめた。

真っ暗闇の中、彼は目を開いた。水位が上がり、首や口まで達していた。自分の体や周囲の壁を手で探った。真っ暗だったが、自分が水の流れを塞いでいるのが分かった。彼の背中は弓なりになって輪に引き込まれ、服が僅かな隙間を塞いでいた。水の流れを解放しなければ、水位がどんどん上昇して、溺れてしまう。水圧に抗って、隅の方に少しずつ体をずらした。すると出口を見つけた水は外の世界に出て、村に向かって勢いよく流れていった。水追い師は自分のがっしりした体と筋肉では、狭い輪をくぐれないと分かっていた。

呼吸が鎮まると、砂利や土を押し流しながら地面を下る水音が聞こえてきた。トンネル内に反響して、その音は耳の中いっぱいに満ちた。かつては地の奥深くからやってくる微かな音だったのが、地中に引っかかった今では、それ以外何も聞こえない。何という不思議だ。心は捉われたまま、その音を自由に探し回っていたのに、今では岩の壁に閉じ込められて、その水音以外、何の音も囁きも聞こえない。

息を吸って心を落ち着かせ、暗闇にも目が慣れた。少し視界が晴れて、水が波打つのが見えはじめた。頭から天井までの距離を測るために視線を上に向けたが、頭上は真っ暗だった。その場所は天井が高めにできているようだ。腕を伸ばし、天井までの距離を手で探ったが、天井には届かなかった。天井の位置を推し量れる箇所に辿り着こうと、頭を上げて体を動かしたが、うまくいかなかった。

彼の体は腰から下は水に浸かり、上半分は壁に寄りかかっていた。頭と背中と胸と手足を痛みが覆っていた。体中に広がった傷や打撲からくる痛みだ。体中がズキズキと痛み、頭に受けた衝撃のせいで、強い耳鳴りが残っていた。

周囲に鎚と楔を捜したが、見つからなかった。窮地から自分を救ってくれるかもしれない、頼りになるものを失くしてしまったと気づいた。

流れに逆らって泳ごうと試みた。水の勢いに抗い、滑らかな岩にしがみついた。短い距離を泳ぎ切った後、ある岩を摑もうとしたが、手が滑ってしまい、バランスを崩して出発点に押し戻されてしまった。

びしょ濡れになり、憔悴した状態で元の隅に戻り、荒い息が収まるのを待った。岩肌に衝突したせいで打撲の数が増え、痛みが両脚と両腕に走り、血の匂いがした。目を閉じて深く呼吸した。

突然、脚を何かに刺された。水に流された時、突き出ている岩にぶつかってできた傷口の部分だ。最初は一刺し、それから連続して刺してくる。まるで休息を妨害するための計画的な攻撃のようだ。

地下水路の奥深く、ずっと前から水が閉じ込められていた部分に、淡水性の小さな魚が数種類、生息していた。目が完全に退化した小魚が、閉じ込められていた場所から激流によって解放され、流れに沿って泳ぎながら、餌になるようなプランクトンや藻を探していた。魚たちは水追い師の傷口、特に水に浸っている両脚の傷に目をつけた。そしてまさにこの危機的な瞬間を狙って、貪欲の限りを尽くして攻撃し、その小さな歯で彼の傷口に嚙みついたのだ。

魚を追い払おうとしたが、脚への攻撃は強まり、傷口から肉をむしり取りはじめた。その苦痛から身を守るために足を動かし、別の場所に泳いで逃げたが、魚たちは追いかけてくる。

遠ざけようと手で追い払っても、魚は少し逃げてはまた戻ってきて、あらゆる方向から貪欲に襲ってくる。手で傷を覆うと、今度は腕が襲われる。彼は理性を完全に失い、水中で怒りに身を震わせた。突然、降って湧いたこの激しい闘いから逃れることしか、もはや考えられなくなった。何とも奇妙なタイミングで、予期せぬ闘いに見舞われたものだ。地底に体がひっかかり、この場所に閉じ込められただけでは足りないかのように。

頭上で高くなっている天井のことを思い出し、どのくらいの高さがあるか調べることにした。この思いつきに希望と意欲を見出した彼は、元気を取り戻した。上に登ってみようと壁のでっぱりを摑むと、少し登ることができた。うまくいきそうだと分かり、岩のでっぱりを手探りしながら登っていった。

高い天井に到着してみると、そこには上向きの丸い穴があり、手で探ってみると、水路に並行に延びる長い空洞になっていた。

空洞は彼の身長と同じかそれより少し大きかった。彼はそこで横になり、小さな生き物たちの攻撃から身を休めることができた。

この暗闇の中をどうやったら人間が生きていけるだろう、と彼は考えた。ルスターク砦の牢獄の話を誰かに聞いたのを思い出した。囚人は上から綱で吊られて狭い穴に落とされる。その円筒形の部屋の真ん中には石膏でできた巨大な柱があり、囚人はその周りをぐるぐると回り続ける。足の下には彼の前に死んでいった囚人たちの骨が残っている。囚人の叫びや呼び声や呻きは外に聞こえるが、誰にも助けられない。声が弱まり、何日も経ってから、息を引き取ったことが分かる。

どうやって暗闇が人間の視力を奪い、健康な目であっても何も見えなくなるのか。今まで分からなかったが、空洞の中で彼はそれを経験した。また、手探りでものを見る方法も会得した。

眠りから覚めると、強い空腹を感じた。しかしこの真っ暗な空洞で何が食える？　どうやって食べ物を手に入れられる？

「飢えは不信心のもと」。彼はこの言葉を散々耳にしてきた。腹も散々すかせた。しかしそのたびに何か口にするものを見つけて、希望をつなぐことができた。乾いたパンの欠片、摺って塩とレモンで味つけたガーファの葉、油で揚げた乾燥のバッタ、数滴のバターオイル、酸っぱくなったミルクのひと口。長く続いた空腹が終わる、あるいは少しでもそれを鎮めることができるという希望はいつも目の前にあった。いつも様々な可能性があった。飢えにも満腹にも、生にも病にも治癒にも、死にさえも。ところが、深い地中にいるこの瞬間の彼には、たった一つの現実しかなかった。飢えて、飢えて、また飢えるだけ。

水で腹を満たしたらどうだろう？　空腹は消えるだろうか？　水の中で彼を待ち受けている苦痛を思い出したが、下に降りるしかない。

空洞の外に出ることにした。腹這になって、下向きに傾斜している円筒形の穴から頭を突き出した。この穴の先はどうなっているのだろう？

下に降りる前に腰巻き《イザール》の布の一部を千切り、小魚の襲撃に備えて傷口に巻きつけた。それから慎重に降りていった。

深呼吸をしてから水の底に潜った。底に潜ったまま流れに逆らって移動することにした。底の方が水面近くよりも流れが急ではないと考えたからだ。山頂で激しく吹く風も、谷間ではいつでも少し穏やかなのと同じように。

地面につかまりながら、流れに逆らって数メートル這った。この成功で彼は勝ち誇った気分になった。流れの勢いが上より下の方が弱いという事実に自分で気づけたからだ。肺に空気を溜めたまま、遠くでキラキラと陽光が煌めいている竪坑に向かって這っていった。全力で竪坑に近づけば近づくほど、空気が両肺を圧迫して外に出ようとする。ついに限界点に達し、いったん空気を吸いに水面に出ざるをえなくなった。

足で底を蹴って、勢いよく浮上した。しかし流れに押されて再び壁にしがみついた。水はもう一度、輪の方向に彼を押し流した。あの全てが始まった地点に、今また行き着いてしまった彼は、輪の穴の部分に激突しないよう、水の流れが緩くなっている箇所になんとか逃げ込んだ。そこからなるべく遠くを見つめると、陽光の輝きが目に入った。

辿り着きそうだった。幽閉から、孤独から、ほぼ確実な死からもう少しで助かりそうだった。しかしその希望は幻になりかけていた。彼はまたすぐに新しい解決策を探りはじめた。疲れて息を荒くしながら、できる限り遠い地点に目を凝らしているうちに、呼吸が少し落ち着いた。呼吸を止める練習をし、水中にもっと長く留まれるよう慣れなければ。そこで彼は頭まで水に潜り、両目を開いて暗闇を見つめたまま水底に座り、一から数えはじめた。時間を把握するため、一定の間隔を保ったまま、できる限り長く。

一回目は非常に苦労しながら三十まで数えた。水から頭を出し、少し休憩した。それからまた深呼吸して潜り、数を数えると、五十まで達することができた。口から空気が漏れ出そうになるのを我慢して、五十数えたところで慌てて水中から出て、トンネル内の空気をできるだけ多く肺に入れようと、大きく息を吸った。

数時間、数日間が経過した。水追い師のサーレムは、この危機から抜け出すために彼を待ち受けている冒険に備えて、息を止める練習を続けていた。飢えを感じた時には水を飲み込み、睡魔に襲われた時には空洞に登り、眠った。

壁を手探りし、腹を満たせる食料を探し求めた。激しい空腹のあまり、以前ワアリーに言われた言葉を思い出した。蝿《ハエ》がミルクの椀に落ちたのを見て「蝿が入っている」と注意した時、ワアリーは指で蝿をミルクの中に沈め、椀を飲み干してから、「自分より小さなものは食っちまえ」と言ったのだった。

その行為に水追い師は嫌悪を感じなかった。自分も小さい頃、バッタや甲虫やある種のトカゲを食べたことがあった。しかしそれは火を通してからの話だ。ここには火も何もない。小さな甲虫か、脆くてねばねばした緑のイナゴが手に入ることを願った。あまりの空腹に、何でも食う用意があった。

空洞に横たわっていた時、足の上を何かが這っているのを感じた。微かな感触が膝に向かって上ってくる。気づかれないよう、体を動かさずに手を静かに伸ばし、素早く摑み取った。するとそれは洞窟に生息する大きな蜘蛛だった。腹が大きく、水追い師の手から抜け出そうと八本の脚を素早く動かしていたが、指でさっと頭をむしり取ると、動きが止まった。彼はすぐ口に放り込み、素早く嚙み砕いて呑み込んだ。

大した食事ではなかった。腹が鳴るのを止めることもできなかった。それでも彼は、数日ぶりに胃に何かが入ったことで嬉しくなった。蜘蛛の存在によってさらなる可能性が生まれた。空洞の壁を手探りし、いかなる動きにも耳を傾けた。そうして少しずつ、それなりの数の小さなトカゲや蜘蛛や蟻などを集め、積み上げた。そうすれば十分な食事になる。

昆虫の関節が口の中で折れる音が、その地中深くの場所に響いた。食事を終えると数え切れない恵みを神に感謝し、水を飲むために下に降りた。

傷を覆っていた布切れが外れていた。下まで降りると足場を固め、口をつけて水をガブガブ飲んだ。飲み終わる前に、大きなものが肩に降ってきた。水に落ちないようにバランスを取ろうと、体を動かした。驚きながらも、彼はその大きなものを素手で摑み取った。水に浸かる前にトンネルに入り込み、中に閉じ込められた大きなトカゲだった。トカゲは彼の掌中から逃れようと体を振った。彼の目にトカゲは、数日の間、空腹から救ってくれる食べ物として映っていた。彼は何度もトカゲの頭を力いっぱい壁に叩きつけ、ついに動きが止まり息を引き取ったことを確認した。それからトカゲを引きずりながら、空洞までよじ登った。

幾日も幾晩も過ぎたが、彼には数えることも計算することもできなかった。夜明けを告げる太陽も、夜の美しさを教えてくれる頭上の星も、彼には現れなかった。暗闇が周囲のものをことごとく呑み込んだ。石と地中の生き物以外、仲間のいない囚人になった彼は、自分もそうした生き物たちの一つになった気がした。

体を小さな魚たちにつつかれるような感覚と共に、頭に一つの思いつきが閃いた。当たり前のことだったのに、なぜか今まで思いつかなかった。この場所で最初に遭遇したのに、どうしてこのたくさんの美味しそうな小魚たちを放っておいて、腹の足しにならない虫や爬虫類を獲ることばかりにかまけていたのだろう？

魚を獲る罠を作る必要があった。ここの魚たちは彼の肉でさえ貪欲に食らうことを彼はすでに知っている。だから何らかの方法でおびき寄せたら、手で捕まえられるはずだ。

ある時、パンの器に溜まっていた屑を摑んで、その手を池に入れ、小魚の群が自分の拳に群がってパン屑を突つくのを観察したことを思い出した。それはまだ彼が幼かった頃のことだが、その方法でたくさんの魚を捕まえることができた。中には指と同じくらいの大きさの魚もいた。大事なのは魚の興味を惹くために、パン屑のようなものが必要だということだ。この暗い地底にパン屑はもちろんない。だが蜘蛛か甲虫を捕まえて腹を裂き、ネバネバした中身を取り出したとしたら？　小魚がそれで引き寄せられるだろうか？

空洞の壁や床を手探りし、岩に這う音に耳を澄ますと、何匹もの昆虫が捕まった。

大きな蜘蛛を持って下に降りた。水の奥に手を伸ばし、蜘蛛の脚を握りながら手を少し開き、腹から出るネバネバした液体を水に散らした。少しずつ魚がそれを感知し、彼の手の周りに集まってきた。獲れた魚を入れるために布切れを首の回りに巻いておいた。魚をたくさん獲ることができて、どれほど大喜びしたことか！　長い苦労の後にようやく空腹に勝利した高揚を感じ、美味い食事を楽しむために壁の縁を伝って空洞まで登った。

満腹して精力を取り戻した彼は、この牢屋から救ってくれる新しい挑戦の時が来たと判断した。長く息を吸ってから水底に潜った。それから流れに逆らって泳ぎ出し、遠くの竪坑に向かって道を切り拓いていった。竪坑は光に満たされて、彼の到着を待ち受けている。

長く泳いで光が注ぐ場所まで辿り着いた。頭を上げずに水底を辿っていくと、頭上にキラキラと輝く青色が見えた。光に誘われ、彼は全力で水から飛び出し、空気を肺に吸い込んだ。

空とその青色が目に入った。竪坑の出口から端を覗かせている雲が見えた。膨大な労力を費やした後、彼は荒い呼吸を続けた。張り出した石につかまり、呼吸が鎮まるのを待った。竪坑の出口を見上げ、登る方法を探した。筋肉のついた両腕以外、頼りになるものは何も無かった。

その時、石が突然割れた。水追い師に他の石を摑む間を与えず、壁が崩れた。裏切られた彼は落下し、上から降り注ぐ岩石に頭や肩を傷つけられた。水面に落ちた彼を、水流が再び奥へと運び去った。

第十一章

ナスラ・ビント・ラマダーンには彼の声が聞こえた。彼の息が彼女に届き、彼の腕や胸の産毛が体に感じられるほどだった。手を動かせば、一度も切られたことのない彼の豊かな髪を、自分の指で梳いているように感じた。

以前は彼が家で休んでいる時に、彼女が彼の髪に油を塗り、幾つもの小さな三つ編みにして、それを後頭部で束ねてやるのが好きだった。彼はよく、頭と額の皮膚をさする彼女の指に身を任せ、イビキをかくほど眠り込んだものだった。

彼の掠れた声、恥じらうような目、厚い肩、鋭い鼻、その大きさを測るために時々、自分の掌を当ててみた大きな耳、顕著な穏やかさ、ゆっくりとした動き、高い身長、深い沈黙、計り知れない悲しみ。彼女が好きな彼の細部の全てが彼女には見え、聞こえ、感じられた。加えて、たった今家から出ていったばかりのように、彼女は彼の魂の熱や彼の輝きを、自分の心に感じることができた。それなのに、彼が地下水路で溺れ死んだなどと、どうやって信じられるだろう？

彼女は毎日、家の扉の前に立ち、道を見つめた。向かってくる彼の姿が見えるかもしれないと、木々の合間を眺めた。思いが募ると彼の幻が見え、あるいは枝の間から手を振るのが見えた気がした。近所の女たちの家に出かけた時には、小径の間に彼の姿が見えた気がして、急いで駆け戻るが、そこには何も見つからないのだった。

彼を責める気持ちや言葉が増えて、彼女の胸をいっぱいにした。彼の帰りを待つ間に、色々な細部や物語を作り上げ、ああ言おう、こう言おうと考えた。次回は彼が旅に出るのをちゃんと止めよう。目の前で叫んで怒ってやろう。だが彼が戻り、その匂いに包まれて抱きしめられれば、彼の不在に耐えるために彼女が建てたそんな壁はたちまち崩れると分かっていた。

彼女の目に映る彼は、他の人々の目に映る彼とは違う。人々は名声やお金や社会的な地位という物差しで測る。自分たちと異なる人は気が触れているか、取り憑かれているとみなす。彼女はいつも、神様が自分の胸に愛の種を蒔いてくれたことに感謝した。その種は日々成長し、濃い木陰を広げる高い愛の木に育った。

彼女は家に入り、緑と青の糸で刺繍された赤いカバーの掛かったクッションに寄りかかり、両手で頭を支えながら考えた。彼の服のいくつかはまだ物干し紐にぶら下げられたままだった。茶色の腰巻き《イザール》、灰色の長衣《ディシュダーシャ》、そして緑の星のついた帽子《クンマ》。それらの布がはためく音がして、彼女は頭をもたげた。目を閉じて、心の中で喪失について考えてみたが、その言葉を受け入れることはできなかった。なぜなら喪失とは愛する人を自分の手で埋葬し、上から土をかけることを意味するからだ。あるいは棺がその場から運び去られて、愛する人が離れていくのを遅らせようとするあなたの手から、男たちが彼を奪い、墓場に運んでいくのを見守ることだからだ。

彼女は彼を待ち続ける。全てそのままにしておこう。家も、毎日乳香を焚きしめている彼の服も。このドアの敷居に彼が立つ日まで待とう。そして、もう慣れっこになったように、彼を責める言葉で心の中に大きな壁を建て、彼が帰る時までじっとそのままにしておこう。

彼女は立ち上がると鎌を手に取り、ナツメヤシの木の間を歩きながら、牛にやる草を探しに行った。途中で会った何人かの女たちに、夫の帰りはまだかと訊かれた。彼女は何の感情も表に出さず、いつものように答えた。彼女は正午まで村の道と農園を歩き回った後、頭に大きな草の束を載せて戻った。

家に着いた時には喉がカラカラだった。冷たい水を一杯、喉に流し込んだ。それから昼食を作るまでの間、座って休憩した。

部屋に入ると、ドアのところで彼の匂いが彼女を迎えた。周りのあらゆるものに浸みついた彼の匂いだ。彼が行商人から買った沈香木《じんこうぼく》を入れてある古い長持《マンドース》、隅に積まれた彼の衣類、壁に掛けられた彼の長衣《ディシュダーシャ》、棚に立てかけられたクルアーン本、そして二人の体を包むシーツ。そう、彼の匂いはあらゆるところに生々しく存在している。そして彼女はいつもどおり、ちょっと出かけてすぐ帰ってくる彼を待って、時間を潰しているかのようだ。

彼女のお腹に彼が耳を当てて、内臓の動く音を聞きながら、「君の体内を流れる水の音は地中を流れる水音と似ている」と言ったのを思い出した。彼女の心音を聴きながら「君の心臓は大地の心臓。君は不思議に満ちた俺の大地」と言ったことも。

心の中で呟く自分の考えさえ聞かれそうな気がして、ふざけて彼に言った。

「私の言葉を盗まないで」

彼は笑って答えた。

「君の中の全てが聞こえるけど、考えまでは無理だよ」

暑い夏の盛りには屋上に二人で上がり、輝く星の下で寝転がった。彼は彼女の膝に頭を乗せて遠くの星空を眺めながら、一つ一つの星について名前を挙げて彼女に話し、それぞれが昇る時間と沈む時間、それらと水路の取水時間との関係について、説明してくれたものだ。

彼の掠れた小さな声が彼女は大好きだった。彼は決して大声で話さず、聞こえないほど小さく囁いた。彼女の出身の村では、まるで遠くから呼び合うかのように、人々は大きな声で互いに話した。誉め言葉も罵りも意に介さず、地中からの水音にしか耳を傾けない男との生活を、彼女はどれほど気に入っていたことか。

本当は、あのよそ者についていき、遠くの村で水路を再建する仕事をしたいと夫に告げられた瞬間から、悪い予感がしていた。心臓に釘が刺されるような危険を感じ、胸騒ぎがした。彼の父親が崩落事故で亡くなってからというもの、彼が地下水路の仕事について話すたびに、彼女は恐れから自分の胸に手を当てた。

彼もまた水路の仕事や地下を嫌うようになり、それらに関わる全てに嫌気がさした。それで、錆びないように油を塗ってから布でぐるぐる巻きにした鎚を、自分の古い木製の長持に仕舞い込んだ。

仕事で集めた金は、貯金する以外の使い道が分からなかった。彼の村には金を使えるような娯楽は皆無だったし、ナツメヤシの木を何本か買うことも考えなかった。考えたとしても、売ってくれる人が見つからない。彼の村では誰もがナツメヤシや農園を後生大事に手放さないのだ。どうしても困った時には抵当に入れる。自分の農園を抵当から外すのに、何年もかかる場合もあった。

彼の妻は少女時代から羊を飼うのが好きだったので、何頭か買って、肉や乳やバターを手に入れようと提案した。彼は彼女の頼みを聞き入れて、数頭の羊と一頭の雌牛を買った。

家の隣の崖の端に建ててもらった囲いで彼女は何年も羊を飼い、肉やバターや羊毛を手に入れた。足りないのはただ、慰めとも将来の助けともなる子どもを、神様から授かることだけだった。

女たちに治療師や薬草師のところに行くよう勧められても、彼女は言った。

「神様から授かった方が、恵みが多いから」

毎朝、羊たちを連れて山を登り、村の家畜が放牧される涸れ川に向かった。硬い岩の合間に柔らかい草を探し、野草を食べさせた。山頂の崖に座って草を食《は》む羊たちを見下ろしたり、クロウメモドキやガーファの木陰に座って羊たちの動きを近くから見守ったりしながら、彼女は彼方に想いを馳せ、夫が迷い込んだ場所を探した。夫が衣類や作業道具を入れた風呂敷包みを頭に載せて、荒れ地や涸れ川を渡り、山や丘を登り下りして、彼女のもとへ帰ってくるところを思い描いた。

彼女は話す力も喜ぶ力も失くしたかのように、無言で歩いた。歌は彼女の唇を離れ、戻らなかった。しかし彼女は怖れと不安を感じると同時に、夫は神に守られたこの大地で一時的に行方が分からなくなっているだけだと確信していた。故郷や家から遠く離れた旅人が、長い年月を経て戻ってきたのと同じように、彼もきっと戻ってくる。

彼女が水路に架かる橋に俯いて座り、水面に映る月を眺めているのを見た者たちがいた。涸れ川を越えて山頂に登り、東の方向からくる道に顔を向けて、夜闇の中で座っていたと話す者もいた。誰かと会話しているか、幽霊と喋っているように見えたという。

彼女が口を開くことも姿を現すことも無くなってから、彼女に関する様々な噂や説が増えた。ある女は、溺死者を出した井戸の縁近くに座っている彼女を見たと話した。手を縁にかけ、首を垂れて頭を井戸の中に入れた姿勢で長時間いたという。

この話を聞いた女の一人が言った。

「井戸の住民の話を聞いてるんだ」

他の女が言った。

「溺死した女が自分の息子に話しかけていたように、彼女にも話しかけてるんだ」

背中が曲がった老婆が座る場所を探して女たちの間を歩きながら付け加えた。

「この災いは全部、あの一家が住んでいる場所のせいだ。あそこが災いの元なんだよ」

腰を落ち着けて杖を脇に置いた老女は顔を上げ、年齢と共に視力が弱った目を細めて力を籠め、周りの女たちの顔を見つめた。それから胸の奥から喘ぐように出る震える声で言った。

「不吉な場所は、たとえ何年も経って人々が忘れてしまっても、不吉なままなのさ」

女たちは老婆が苦労しながら言葉を引き出すようにポツポツと話す、不思議な物語に耳を傾けた。それはこんな内容だった。メシイード・ワッド・ハルフォーンという男が前代未聞のことをした。横丁から出てあの場所に自分の家を建て、自分と家族だけで住むようになったのだ。それは父親から相続した銀の指輪を巡って、兄弟喧嘩が起きた後のことだった。二人ともその指輪を自分の指にはめる栄誉に預かりたがったのだ。兄弟のいさかいは大きくなり、村の長老たちが仲介したが、ほとんど役に立たなかった。

指輪は故人に敬意を表すために乳香の粒で囲まれ、布に包まれていた。その指輪には霊的な作用があり、はめると他の人々の目には高貴で気高い人物に見えるのだった。つまりそれは普通の指輪ではなかった。二人の兄弟は、父親が亡くなる最後の瞬間まで人々から尊敬され、愛されていた原因が、この指輪にあると知っていた。

その指輪はニズワという遠い町で購入されたもので、元の持ち主がアフリカ東沿岸部から持ち帰ったものだという。しかしこれらはすべて噂に過ぎず、真実は持ち主以外には知る人がいないまま、彼と一緒に埋葬されたのだ。

違う村に住む兄弟の父親の友人が、その話を聞いて仲介にやってきた。誰も知らない場所に指輪を埋めて、二人とも完全にあきらめることにしてはどうかと提案した。人々はその提案を気に入ったが、兄弟だけは受け入れず、指輪を持つ権利を主張し続けた。

それは赤いルビーがはめられた銀の指輪で、昼も夜もキラキラと輝いた。錆びることを知らず、時と共に銀の白さが増していった。ルビーが暗闇の中で光を放つので、真っ暗な夜にすれ違っても、指輪の持ち主が分かるほどだった。

村の長老たちは父親の友人が提案した解決策を実行する以外、成す術がなかった。それで兄弟から指輪を取り上げ、その男に渡した。男は誰も自分の後を追わないように頼み、村を出て山奥に消え、二度と戻らなかった。

砂漠に行って砂の海に指輪を投げ入れたと言う者もいれば、自分のものにして指輪をはめたと言う者もいたが、確実なのは男が完全に姿を消し、周辺の村々で彼の噂が聞かれなくなったということだ。

メシイード・ワッド・ハルフォーンは皆に怒り、横丁から出てガアタ農園に引っ越した。岩の丘の上に小さな家を建てて妻子と暮らし、村人たちとは絶縁した。

その後すぐに彼は気が触れて、真夜中に笑ったり叫んだりして、妻子を虐待するようになった。村人たちは妻子の叫び声や救いを求める声を聞くや、彼らを助けに駆けつけて、横丁に連れ帰った。彼は独り残って、目に見える幻影に怒鳴りつけていた。

それから突然、彼の叫び声が消え、誰も聞かなくなった。村人たちが彼の家に近づき、捜したが、影も形もなかった。指輪に呼ばれて捜しに出ていき、山脈に迷い込んだとも、遠い砂漠で渇き死に、砂に埋もれたとも言われている。老婆はメシイード・ワッド・ハルフォーンの身に起きたことを話し終えると、黒いスカーフで自分の口元を覆い、言った。

「あの場所に住む者は呪われる。指輪に呼ばれるのさ。指輪は毎回、違う形で姿を現す。今回はサーレム・ビン・アブダッラーの耳に聞こえたという、水音の形で現れたのよ」

周りの女たちは服に息を吹きかけ、ジンや悪魔からお守りくださいと神に祈った。左右に唾を吐き、顔を手で覆って信仰告白《シャハーダ》の文句を唱えた。ガアタは昼間でも誰も通りたがらず、夜には絶対に通りたくない場所となった。

日々が過ぎ去っていく。涸れ川の方から西風が吹いて、熱気を運んでくる。月明かりに照らされた真夏の夜に、息苦しい暑さと蚊の襲撃に苦しめられて眠れずに、屋上で泣いている子どもたちの声が聞こえてくる。遠い山の頂から犬の遠吠えが聞こえ、羊飼いの家に近い涸れ川の岸から雌犬がそれに応える。代わり映えしない夜々と日々が続き、ナスラは夫を待つ以外には何の目的もなく、先の見えない繰り返しの毎日を過ごした。

枝から枝へ飛び移る様々な鳥たちと共に、秋がやって来た。だがサーレムは渡り鳥と一緒に帰ってはこなかった。彼女は渡り鳥の動きを観察し、その色を数え、現れた日を記録した。彼が戻ってきたら、あなたはカワセミが来たのと同じ日に帰ってきたのよ、と彼に伝えよう。あるいは、あれは山イチジクの葉の間でカッコウが鳴くのを聞いた後だったわ、と伝えようか。日々はどれもよく似ている。だが彼女はそれぞれの日に思い出を作り、彼が戻ってきたらその記憶を伝えるつもりだ。

それから冬が、骨に沁みる寒さと雨で濡れた薄暗さ、冷たい風を連れてやって来た。彼女は部屋の真ん中で炉に火をつけ、暖を求めてその近くで眠った。彼女は独りぼっちで、彼は帰ってくるという希望以外、そばにいてくれる人は誰もいなかった。外では鉄砲水の音が谷に轟き、土砂や木々を押し流していく。

物音が静まり、あらゆる生き物たちが隠れ家で眠り、山々の斜面に響くのは、寒い夜に伴侶を求める狐たちの鳴き声だけだ。そこに遠くから、寒さで弱った犬の静かな遠吠えが聞こえてくる。

春が来ると、ナスラは自分の羊たちを連れて牧草を求めて山に出かけた。あの香り豊かな樹木があるところだ。かつてサーレムはその山をこう称えたものだ。

「山の牧草地で育った羊の肉や乳は別物だ」

山々は様々な色の花で彩られ、彼女が崖の上から家畜の群れを眺め、夫が戻ってくるのを想像していると、心の中で生命の花が開いた。

だが咲いた花もいつかは枯れる。暑さが厳しくなり乾燥が広がると、花は散る。それでも彼女の心には枯れることない生命の花が咲き、倦むことなく待ち続け、期待を抱いている。

日々が過ぎ去っていく。俯いて自分の家の壁にもたれていると、遠い故郷から父が兄弟たちを連れてやって来た。彼女が暮らしている厳粛な沈黙の中に、彼らの会話が火を灯す。父が言う。

「娘よ、これは神様の思し召しだ」

父が言葉を続ける前に、彼女は手を挙げて遮り、言う。

「心の中が冷たくなった日が来たら、その時、彼が死んだと分かる」

彼らは夫が溺れ死んだと説得しようとした。彼らはあの事件にまつわる様々な説や作り話を耳にしていた。一部は理に適っていたが、中には空想が過ぎるものもあった。水追い師は地底の住民たちに地下水路から連れ去られて彼らの国で拘束されており、解放されて家族のもとに戻るために、身代金が支払われるのを待っているというのだ。さもなければ、地底の世界には死も生も存在しないので、永遠に拘束されたままになる。彼を連れ去った者たちが同情して彼を再び地上に戻すことは期待できない。時間が経ち、水追い師の物語にはさらに尾鰭がついて長くなり、語り部が祖先について物語る伝説に似てきた。

「一緒に故郷に帰ろう」と兄弟の一人が彼女に言った。

「サーレムが帰ってきて、私がいなかったらどうなるの？」と彼女は答えた。

彼女はそこに留まって彼を待つことに執着した。自分の家なのだから、彼が帰るまで絶対に離れられない。あるいは誰かが彼の失踪や死について、確かな報せを持ってくるかもしれない。

水追い師のサーレム・ビン・アブダッラーが行方不明になっていた数ヶ月の間に、ナスラの家族は何度も行き来した。そして来るたびに、いたずらに待ち続けるナスラを翻意させようとした。ところが彼女は何かと口実を見つけては、故郷に戻るのを断った。それで口論になり、家族は怒って彼女を置いて帰るのだった。

水追い師がいなくなってからおよそ一年が経った頃、彼女はハサミを取り、羊たちを捕まえて、一四一四、毛を刈っていった。柔らかな毛が薄く残るだけの丸裸になるまで、できる限り刈り取った。

羊毛の塊を家に運び、きれいに洗ってほぐし、不純物が再び毛の間に入り込まないようにナツメヤシの葉の上に広げた。最適で最良のものを選別し、交ざらないように残りを別の場所に移した。

毎朝、いつもの家事を終えた後、幼い頃から習い覚えた手先で羊毛を梳き、紡ぎはじめる。自分の羊から集めた毛は、有り余るほど長い時間に、たくさんのものを作るのに十分だった。時をやり過ごすために、没頭するものが必要だった。彼女は自分のもとに戻ってくるサーレムの歩数で、時間を測るようになっていた。

彼女は毎週、空いている時間を選んで、水路の水浴び場に通った。帰宅後は自分が持っている最上のもので身を飾り、香りをまとった。アイラインを引き、頬に紅をさし、服に乳香を焚きしめた。そうしている間も、彼女は玄関に意識を向けていた。彼の声の響きや、よく知る彼の足音が聞こえてくるかもしれない。彼女の心はまるで、飼い主が帰宅したら体を擦りつけようと待っている飼い猫のようだった。

最後に彼女を訪れた際に、家族は違うことを言い出した。故郷の名家の人が彼女に結婚を申し込んだので、死んだ夫の家を出て、新しい夫の家に行かなければならないというのだ。しかし彼女は父親の目を見て言った。

「もしサーレムが本当に死んでいた場合には、お願いがあるの」

父親は目を大きく見開き、眉を持ち上げて驚きつつ、その願いとやらを待った。

「何だい？」

「この羊毛を紡いでしまいたい」

一番上の兄が口を挟んだ。

「持っていって新しい家で紡げばいい」

彼女は兄の方に振り向いて言った。

「この羊毛を全部紡ぎ終わったら、どこにでも嫁入りすると約束する」

別の兄が訊いた。

「いつ終わるのかい？」

彼女は静かに答えた。

「終わる日が来れば終わる」

彼女の言葉に家族は怒って出ていった。彼らはその男に娘を連れて帰り、結婚させると約束していたのだ。だが彼女を説得できず、無理強いもしたくなかった。だから羊毛を紡ぎ終わるのを待つしかなす術がなかった。

糸車が回りだした。羊毛の糸がゆっくりと、我慢強く延びていく。糸の一本一本が、終わりを知らない長い時のようだ。糸は月日と共に過ぎていく。きりがないと思えるほど延びていく。一本の糸を紡ぎ終えると、また新しい糸を紡ぎはじめる。

彼女はほとんどの時間を糸車の前で過ごした。彼女の目は下に垂れていく糸と、ゆっくり回る糸車しか見ていなかった。紡がれる糸の一本一本の周りを彼女の魂が巡った。

彼女はかつて水追い師のサーレム・ビン・アブダッラーが中に潜り、水源を探してその両腕をふるって働いた、地下水路の名前を糸につけていった。最初の糸の名はサムディー。夫が聞かせてくれた、はるか遠くの山から水が湧いてくるその水路のことを、彼女は思い出した。

サムディーという名の糸は、彼女の両足の周りに軽く、柔らかく、とぐろを巻いていった。中で魂が脈打っているかのような優しい感触だった。それを紡ぎながら、忘れがたいサムディーの思い出、水に辿り着くまでにサーレムが苦労した日々を思い出す。村人たちが雄牛を何頭か屠って盛大な宴会を開き、近隣の村人たちを招いて一週間ほど喜びが続いたこと。村人たちが民謡を歌い、詩を朗誦し、コーヒーや食事が一昼夜にわたって振る舞われたこと。

ナスラは二番目の糸をイフリートと名づけた。紡ぎだすと、遠くの涸れ川の奥深くまで地下トンネルが延びる水路のように、糸は延びていった。彼女はイフリートという水路を最初に掘ったのはジンの種族であるイフリートたちだという話を聞いたことがあった。イフリートたちは村から遠い山々の際まで、たったの一晩で穴を通すことができたと言われている。

その後も彼女はシャラリー、ナッワーハ、ビール、バハリー、ムタッワア、ナッハーム、ジュービーなど、たくさんの名前をたくさんの糸につけて紡いでいった。自らの指で紡いでは、水路の名前をつけて糸に命を吹き込んだ。

一本の糸を紡ぐのに、数ヶ月かかった。彼女が織る物語はどんどん大きくなり、糸が次々と生まれ、水路が増えていった。彼女がつけた名前は忘れられることなく、一つとして同じではなかった。ナスラは一本一本の糸を名前で呼び、糸が絡み合ってもつれても、切らずに結び目を解くことができた。

しばらく経ってから再び彼女の家族が訪れ、もう一度結婚の話を持ち出したが、彼女は糸紡ぎがまだ終わっていないと言い訳した。彼らは散々言い聞かせたが、彼女はその言葉をことごとく無視した。彼女の目は糸車を見つめ過ぎたせいで多くの光を失っていた。彼女はその糸車を指差して言った。

「糸車が終わりを私に告げる時、私の待婚期間《イッダ》は終わり、準備が整う」

家族は彼女を訪れ続け、毎回、彼女が同じ様子でいるのを見た。家事が終わるとすぐに糸車の前に座り、永遠の扉を開いて、遠くまで彼女を運んでくれる糸ができるのを待つ。まるでそれぞれの糸が道になり、山や谷に夫を捜しに連れていってくれるかのようだ。茂った木々の間に、砂漠の洞窟に、広々とした荒れ野に、自分の記憶の中にいまだ残る男を見つけられるかもしれない。もう顔しか思い出せない男を。

エピローグ

水追い師のサーレム・ビン・アブダッラーは地下水路の輪の前にいる。頭に傷を負い、壁に強くぶつけた拍子に肩が外れかかった。しかし彼には希望が戻ってきた。竪坑近くの水路の底で鉄の楔が光るのが、押し流された時に見えたのだ。

彼はもう一度息を止めて流れに逆らって泳ぎ、楔が光った場所に行き着こうとした。今回の目的は竪坑の壁にしがみつくことではなく、楔を拾い、それから鎚を捜すことにあった。近くに見つかるかもしれない。彼は水底をつたって目を見開いたまま泳ぎ、目指す微かな光の反射を探した。

ようやく楔を拾い上げ、輪の近くの安全な場所に置いた。それから今度は鎚を探して、底を手で探りながら行ったり来たりを繰り返した。そして希望を失いかけた瞬間、鎚を見つけた。

輪の穴のところにいると、頭の中で様々な音が交錯した。昔の物音、地下水路を一緒に掘った男たちの声、雀やナイチンゲールや子どもたちの声、山頂から涸れ川を下る激流の音、奇妙な笑い声が混ざった泣き声、彼を呼ぶ声、彼の名前を囁く声。たくさんの音が重なり合う中で、彼は目をじっと凝らしたまま輪に向き合い、この輪をくぐり抜ける方法を探った。

がっしりした筋肉、大きな体軀、岩を掘削し土砂の山を運ぶことに慣れた強い腕を持つ彼が、輪をくぐらなければならない。奇跡を待って、長い時間ここに留まることになるだろう。終末の日に起きると言われているように、針の穴をラクダが通るのを待つことになるだろう。孤独や隔絶から、頭を満たすこの世の様々な物音から、周囲の水音から、救ってくれる奇跡を待つことになるだろう。

輪が目の前にある。小魚たちが彼の傷口を突いてくるが、もはや気にならなかった。急流が水を村の方に押し流していた。彼は両手で輪の周囲を摑み、幅を測ろうとした。頭は入れられるが、横幅のある彼の肩は引っかかるはずだ。輪の幅を測るために彼は手をいっぱいに開き、小指を輪の縁に置いて、親指を輪の真ん中、流れが最も強いところまで伸ばした。掌を開いたまま測り続けると、全部で一・五指尺《シブル》［約三〇センチ］あった。

掌で自分の肩と胸の幅を測ってみると、二指尺以上あった。自分の肩がもっと細ければ、この硬い頑固な岩の穴の中に無理やり押し込むことができたかもしれない。どんなに硬い楔でも折れ、どんなに大きな鎚でも壊れるこの岩のことは、彼が一番よく知っている。

このトンネルを掘削した人夫たちは大変な労苦と忍耐の末に、やっとの思いでこの岩の真ん中に輪を開けることができたのだ。輪の周りにはたくさんの小さな穴が開けられていた。そこから水を逃がすことで、岩の裏にかかる圧力を軽減するためのもので、それぞれの穴は巨大な楔の太さと同じ大きさだった。人夫たちが鋼鉄製の鎚と楔を使ってこのたくさんの穴を開けるのに、どのくらいの時間を費やしたのか、水追い師には分かる。だからここから早く脱出するという考えは無謀に違いない。だが不可能ではない。

彼はラフィーア村のサッリーという、大きな山の斜面を下る地下水路を思い出した。古代の人たちは滑らかな大理石の岩肌を、どのように掘削したのか。彼らは石を削り、岩に穴を開け、山頂から湧いてくる伏流水に辿り着いたのだった。彼は頭を上げて水路の方を向きながら涸れ川に立ち、その高さに驚愕したことを決して忘れないだろう。その素晴らしい岩のトンネルを見るために首を少し後ろに傾《かし》げながら、心の中でこう繰り返したものだ。

「彼らは人間じゃない。イフリート［ジンの種族］だ」

そう思ったのは、預言者ソロモンが地下水路を掘ったという古い言い伝えを、彼が知っていたからかもしれない。言い伝えによれば、預言者ソロモンが風の絨毯に乗ってオマーンを通りかかった際、喉が渇いたので水を飲もうとその地に降り立った。ところがオマーンは乾いた不毛の地だったため、ジンの兵隊に命令し、あらゆる場所に地下水路を掘らせた。それでジンたちは砂漠や涸れ川を掘り、岩や山々を拓いて、地下に水路を通したというのだ。たったの一晩で、一千本の地下水路を掘ったと言われるほどだ。

水追い師のサーレム・ビン・アブダッラーはこの言い伝えを聞いて以来、サッリーの水路を掘ったのは預言者ソロモンの手下のイフリートたちではないかとずっと疑問に思っていた。登れないほど滑らかな山で、あの高さまで人間が達することは困難だからだ。

水路で長く仕事をしてきた中で、様々な形の輪を見てきた。四角いものもあれば、丸いもの、巨大な岩に並行して円筒形に延び、水が通ると同時に笛に似た音を出すもの、隣り合わせの、あるいは重なり合った窓の形をしていて、途中で掘るのをあきらめた窪みがたくさんついているものもあった。

水源へ辿り着きたいという強い情熱が、彼に多くを発見させ、学ばせた。そうして彼は様々な水路の種類を知り尽くすようになった。枝分かれして砂漠の砂に潜っていく水路もあれば、山裾から湧いているものもある。一人が腹這いになって通れるだけの、狭くて天井が低いものもあれば、天井が高くて立って歩けるものもあった。

彼はこれまでに働いたあらゆる水路の水源、流れの強さ、村の農園間での配分法を把握していた。影で時間を測る方法も知った。一部の村では村の真ん中に棒を立て、その影の伸び方で取水時間を測るのだ。

村ごとにそれぞれ独自の制度と日時計があった。ジャナー村では地面に石を並べ、三メートルもの長さのオリーブの棒の影を石の位置で測る。シャンナ村では短い棒を使い、他の村では金属の棒で日時計を作った。

彼の村では固定の日時計は必要なかった。自分の影の長さを歩数で測るからだ。背が高かろうが低かろうが関係ない。そのために彼らは影の長さの歩数で日中の時間を定め、それによって水を配分した。

村人の誰でも自分の影を歩数で測って、取水できた。ただ二人だけ、村の長老と水路の長によってそれを禁止されている人物がいた。スライマーン・ワッド・マンスールとオバイド・ビン・ハーリスだ。二人とも水路に資金を提供しており、水利権があるにもかかわらず、他の人の足で影を測ってもらっていた。

スライマーン・ワッド・マンスールは中背で小太りの男で、強い腕と小さい頭の持ち主だ。しかし彼は身長に比べて足が大きかった。だから影を測る時は他の人よりも歩数が少なくなる。彼は前の人が終わった時間から取水を始めるくせに、遅れて次の人に順番を譲る。彼の言い分ではまだ自分の持ち時間だというのだが、自分の分を取られた次の人が影を測ってみると、違う事実が判明する。それでもスライマーンはまだ自分の持ち時間だと言い張るのだ。

オバイド・ビン・ハーリスの方は全く逆だ。背が高いのに小人のような足をしている。毎回、歩数が人よりも多くなるので、自分の持ち時間よりも早く取水を始めて、もう時間になったと言い張った。

村の集会に出るたびに、近くに座った二人はその変わった体型を揶揄される。体の一部を取り替えっこしたんだろう。スライマーンの足をオバイドが取り、オバイドがスライマーンの足を取った。だから元通りになるために、その取り替えた相手を捜さないといけないのさ。

スライマーンはその言葉を信じ、不機嫌になって自宅に帰ると、足を取り替えられるのを許したといって母親につらく当たった。自分一人を家に残し、日々の畑仕事に出かけたからだ。一緒に連れていくか、誰かに子守をしてもらうべきだった。

生まれた時からそういう体つきで、神様が望んで創られたものは覆せないと母親が言い返しても、彼は頭を振り、呆けたと母親を罵った。そうして母親が泣きだすまで、彼女の過ちと罪を責め続けた。そこでようやく彼は落ち着き、壁にもたれて座りながら、逃げる前に食事をかきこむ人のように、急いでデーツを数粒、呑み込んだ。

サーレム・ビン・アブダッラーは代々の耕作人だ。誰の番がいつ始まるか、水路の配分は全て把握している。昼も夜も、かつては父親と一緒に、その後は独りで取水時間を測った。あらゆる季節に自分の影を測り、早朝には長く伸びるのを見たし、夏の真昼にはどんどん短くなって、自分の足元に小さな点のような影しか残らないのを見た。冬には影が自分の周りを回るのを見た。そうして正確なタイミングで取水することを学んだ。

水の配分はすべて把握し、それぞれの呼び名も覚えた。水場の分、ワクフの分、正午の分、泥の分、村の分、ハマド一族の分。それぞれ時間と長さが決まっている。その全てを測り、耕作人として灌漑の仕事をして、収穫の一部やナツメヤシの一房を賃金として受け取ってきた。

太陽が沈むと、星によって時間を測る。彼は夜空のあらゆる星と、それが示す時間を知っている。星でいっぱいの夜空を眺めて、夜の始まりから夜明けまでに見える星の名を唱えはじめる。「アルカウイ、アルタイル、アルゴラブ、アルアダム、プレアデス、シェラタン……」。月の時間帯と周期を知り、星宿を計算することもできる。幼い頃に親から学び、村の同輩たちよりも精通した。

地下水路の内部に幽閉されているこの瞬間、彼は目の前の硬い岩肌を手で探っていた。輪の周りの窪みに触れ、そのうちの一つに楔を入れてみた。少し奥に入って、狭くなっているところで止まった。岩の硬さを確かめるためにそっと打ってみると、楔は少し手前に跳ね返った。次に強く打ってみると、金属の響く音が聞こえた。左右に楔を叩いて抜き出した。窪みに目を近づけ、中を覗いたが、暗闇しか見えない。口に水を含んで窪みに近づけ、中に吹き込むと、水がわずかに中に入った。それを繰り返すうちに、穴は塞がっておらず、水が反対側に漏れていることが分かった。

この実験を輪の周りのいくつかの窪みで繰り返してみて、一部は穴が空いていて、一部は塞がっているのが分かった。それらの穴と大きく開いた輪の部分との距離を測ると、ばらつきがあった。一つ一つの穴の間隔と、それぞれの穴と輪の間隔を、指を広げて測り、考えを巡らせた。どう始めるか? 何ができるか?

「輪の開口部から第一の穴まで縦に掘ってみたらどうだろう?」と自分に問いかけてから、楔をその部分の岩に固定して、軽く叩きはじめた。すぐに楔を外して触ってみると、叩いたところにひび割れが入っているのがはっきり分かった。倍の強さで叩こうと試みたが、振り上げる力を水に奪われて鎚の勢いが鈍くなり、楔に力が伝わらない。

別の方法を考えた。楔を一つの穴に斜めに差し込み、頭上の空間を利用して上から叩きつける。鎚を高く振り上げて、岩に向かって打ちつけられるはずだ。

まずは動かないよう、楔を鋭く斜めに岩に突き立てて軽く叩き、徐々に強くして楔の先が岩に完全に埋まるようにする。そうなれば、自分に残された力を全て振り絞って、楔の頭に鎚を打ち下ろすことができる。

彼は自分が幽閉されていることを忘れ、痛みを忘れ、周りの暗闇を忘れた。全てが彼に見えるようになった。穴が見え、輪の周りで波打つ水の煌めきが見えた。穴と輪の間の仕切りを取り払おうとしている彼の目には、確かにたくさんの穴が見えていた。

彼に本来の力が戻った。長い間、強制的に閉じ込められていたせいで失った気力が戻った。楔を固定して、音の響きを味わいながら叩きはじめた。熟練の動きで腕を使い、決して狙いを外さずに叩く。水追い師は楔の場所を見ずに、頭上から鎚を振り下ろすことに慣れていた。逸らさず思ったところにピタリと当てることに、微塵も疑いはなかった。

始めは小刻みに鎚を振った。素早く持ち上げて素早く降ろす。しかしそれは楔が岩にめり込むほどの強さではなかった。鎚をもっと持ち上げるためには楔の先を固定させる必要がある。手で探って固定されているか確認する。

時間は終わりのない輪のように巡った。彼は楔の固定を急がなかった。自分を空気と光と生から隔てている、その岩の扉の前で費やす時間を惜しまなかった。

手の中の銀の塊を、匠の技でそっと刻んでいく細工師のように、サーレム・ビン・アブダッラーは硬い岩を軽く叩いて刻みを入れていった。そうすることで、強く叩くのではできない作用が岩に加わることを彼は知っていた。

「雨だれ石を穿《うが》つ」という諺を自分に言い聞かせた。

楔が輪に向かって斜めに岩にめり込みはじめた。岩の奥までは入らず、表面に沿って進んでいく。水追い師は手で楔を揺すって、固定されていることを確認した。それから両手で鎚を摑み、より高く持ち上げてから、楔の頭に振り落とした。

楔が下に向かって道を切り拓いていく。楔の頭を打ったびに水路の壁に振動が伝わり、天井や側面から砂粒や小石が落ちる。それはまるでこの拘束と傷への怒りのようであり、故郷で過ごした苦い過去への、貧しさへの、繰り返された喪失への、砂漠に生える木の棘のように胸に沁みる憧憬への、憤りのようでもあった。いずれにせよ楔は頭に降りかかる激しい怒りに屈し、輪の開口部に到達するまで岩を割いた。

サーレムの両目が闇の中で輝いた。希望が膨らんで力が蘇り、別の穴でも同じ試みを繰り返した。早くも大きな石の塊が水の中に落ち、流されていった。輪は三寸半《ウクラ》［約一〇センチ］程広がっていた。手を中に通して岩を触ってみると、たくさんのひび割れがあり、叩けば崩れることが分かったが、それにはもっと力がいる。

四番目の穴を掘っていた時、その場所の岩がどれほど脆いかを知らずに、楔を穴の中に落としてしまった。楔は水に流され、手が届かない場所に引っかかった。

できる限り手を伸ばしてみたが駄目だった。届くかもしれないと思い、足を入れて楔を引き寄せようと試みたが、それも無駄だった。手足はある地点までは届くが、そこから楔までにはわずかな隔たりが残った。

楔を落としたことで、膨らんだ夢や希望は消え失せた。暗闇に目を閉じ、深い悲しみに浸ったが、すぐさま激しい怒りが生じた。血が頭に上り、目から噴き出しそうになるほど煮えたぎった。真っ暗闇の中で、彼の両目は燃えた炭のようにぎらついた。

周囲の何も感じなくなった。突如として怒り狂った竜巻となって鎚を振り上げると、岩に叩きつけた。その場が振動に包まれるまで、何回も何回も繰り返した。落ちてくる石から塵埃が立ち昇った。

彼は叩き続けた。まるで全身が二本の手と化したかのように、自分の前に立ち塞がる山を叩くことにしか関心はなかった。まるで幼い頃から経験してきた全てを叩いているかのようだった。この牢獄、自分の不在、この暗闇から抜け出すことへの絶望、妻への激しい憧憬、他に何も聞こえなくなるほど耳を塞ぐ轟音、長引いた孤独、向き合いたくないあの考え。その全てに向けて鎚を叩きつけているかのようだった。目の前の岩が崩れはじめていることに気づかなかった。怒りに我を忘れ、自分の前に立ちはだかるあらゆる壁を壊す鎚と一体となった。孤独、不在、拘束、痛み、飢え、渇き。

彼の前の岩が崩れた。輪の向こうに長いトンネルが現れ、水が勢いよく流れ出して、全てを運び去った。

解説　水と信仰――オマーンのファラジュと呪術の世界

大川真由子

ザフラーン・アルカースィミーによる『水脈を聴く男』は、水と人間の関係性、そして伝統的な信仰世界を鮮やかに描き出した作品である。日本では馴染みの薄い、アラビア半島の小国オマーン。本作は、その独特の自然環境と伝統的な農村社会を描き、日本語で読める貴重な機会を提供している。

小説の舞台と時代背景

本作の舞台は、オマーンの近代化が始まる一九七〇年以前、おそらく二〇世紀初頭から中頃と推測される。その根拠として、オマーンと東アフリカのあいだで人の往来が見られたこと、「ピアストル」という通貨が使われていたことが挙げられる。ピアストルは、オマーン独自の通貨ができる前、インド・ルピーや東アフリカのザンジバル・ルピーの補助通貨として、一九世紀後半から二〇世紀中頃まで流通していた。

当時のオマーンは、スルターン・サイード・ビン・タイムール（在位一九三二―一九七〇）のもと、三〇年以上にわたり外部との交流を制限し、鎖国状態にあった。一九六二年に石油が発見されるまで、国は極めて貧しかった。厳しい自然環境のなか、ほとんどの人が電気や水道もない簡素な日干しレンガの家に住み、伝統的な生活を送っていた。石油収入を背景に急速な近代化を推進する新国王が即位した一九七〇年の時点では、全国に小学校が三校、病院が一棟、舗装道路が一〇キロという状況であった。

わたしはこの三〇年ほどオマーンに関わってきたが、その間の社会変化は目を見張るほど急速である。もはや小説で描かれている伝統的な生活は村落部でもほとんど見られなくなった。しかし、それでも都市部と農村部の違いは依然として大きい。アラビア語の方言差はもちろん、服装や食事、人付き合いなどの生活様式も大きく異なっている。現在、都市部で目にするアバーヤと呼ばれる女性の黒いコートは比較的新しいものであり、オマーンの伝統的衣装は、色鮮やかな膝丈チュニックと長ズボン、そして木綿製の大判スカーフである。作中にも登場する男性の長衣ディシュダーシャや、刺繡の入ったクンマという帽子は、現在もオマーンの国民服として受け継がれている。

訳者によれば、本作の舞台であるミスファー村は、オマーン内陸部の実在するミスファー村ではないという。とはいえ、実在のミスファーも、村の隅々まで整備されている灌漑水路ファラジュが作り出す緑あふれるオアシスのような村であり、小説のイメージと大きく異ならない。一九九〇年代後半にこの地を訪れた際、一時的に滞在していたホストファミリーの子どもたちとファラジュで水遊びをした想い出は、今でも鮮明に残っている。

オマーンの水管理とファラジュ

主人公サーレムは水脈を探し当てる特殊な能力をもちながら、水にまつわる悲劇に見舞われる。母親は水で命を落とし、父親もまた水の事故に巻き込まれる。水に生かされ、水に苦しめられる彼の人生は、オマーンの自然と深く結びついている。その象徴的存在がファラジュである。南部を除き、ほとんど雨の降らないオマーンでは、山の湧き水や地下水を引いて農地や村の家庭に配分するファラジュという灌漑施設が極めて重要な役割を果たしてきた。

国内には約三〇〇〇のファラジュが存在する。ファラジュの水は直接農地や家庭に供給されるのではなく、一度貯水池に蓄えられ、調整される。貯水池が水量を調整することで、必要なときに適切に供給できるようになっている。集落の生存に関わる重要なインフラであるファラジュは、村人による共同管理が基本であり、村には長老たち（シャイフと呼ばれる部族長や有力者）が定めた水の使用スケジュールがある。生活用水や家畜の飲み水としては、下流の方であれば誰でも自由にファラジュを利用できる。しかし、灌漑用水として利用する場合は、「水利権」をもつ家庭や農家が時間単位での契約に基づいて水を利用する。この水利権は売買や貸借が可能であり、相続の対象でもある。

オマーンは伝統的に部族を基盤とする社会構造をもち、とくに農村部では部族の影響力が強く残っている。中央集権化が進む以前の一九七〇年より前、部族は政治・経済・社会のあらゆる面で重要な役割を果たし、地域ごとに異なる部族が統治や水利権の管理を担っていた。有力部族や特定の家族がより多くの水を管理することで、社会的な影響力をもつこともあった。小説内では特定の部族名は登場しないが、オマーンでは部族名を聞けば、アラブ系かどうか、出身地、さらには部族の「格」まで判断できる。結婚や家族関係も部族内でのつながりが重視され、いとこ同士の結婚が一般的だった。

二〇〇〇年代初頭、東部シャルキーヤ地方の村で半年ほど調査をしていたときも、ファラジュは日常生活の一部として広く利用されていた。ナツメヤシ畑への灌水はもちろん、家畜の水飲みや子どもたちの水浴び場としても機能していた。宗教祭（イード）では各家庭でヤギを屠り、数日間ごちそうを食べる習しがあるが、ファラジュの近くで動物を解体し、洗浄する光景が見られた。また、水路が地中でトンネル状になっている場所では、階段を設けて水場として利用している。壁に囲まれた水場では女性たちが水浴びを楽しむこともあった。現在では水道が整備され、食器や衣服をファラジュの水で洗うことは稀になったが、農村部では依然として農業用水の供給や伝統的な生活様式の維持において、ファラジュは重要な役割を担っている。近年は洗車などの新たな用途も生まれ、二〇〇六年に世界遺産に登録されるなど文化遺産としての価値も高い。

呪術と民間信仰

一般的に、アラビア半島はイスラーム社会のなかでもっとも厳格にイスラームが実践されている地域といわれる。たしかに信仰熱心なムスリムは多く、女性のほとんどがスカーフで髪を覆う様子などは、メディアによるイスラームのイメージと合致するだろう。だがいわゆる民俗宗教の領域に属する（神以外の）霊的な存在への信仰がないわけではない。オマーンではジン（精霊）が広く信じられており、近隣諸国のあいだで呪術が盛んな地域として知られる。とくに世界遺産にも指定されている内陸部の要塞都市バハラーは呪術の中心地として有名で、近年はそれを売りに観光地化されている。

オマーンでは呪術の力は広く信じられ、病気治癒や恋愛成就、災厄除けのための祈禱が行われる一方、復讐や呪詛といった負の側面ももち合わせている。本作でも重要な要素となっているのが邪視信仰である。邪視は、そのよこしまな眼差しで幸福な者をにらみつけ、幸せを破壊する超自然的な力とされる。対象となるのは、新生児（とくに男児）、新築された家、新車、事業の成功、メッカ巡礼の実現などさまざまである。作中でも、度重なる子どもの病死にみまわれたアーセヤ・ビント・モハンマドが、邪視から子どもを守るためにあえて不名誉な名前をつけていた。

病気や怪我、不幸が起きたとき、医学的な根拠を疑うより、人びとはまず邪視を疑う。こうした邪視を防ぐための「邪視除け」グッズもある。イスラームの聖典クルアーンの章句を書いた護符やお守りのほか、目をかたどったキーホルダーやアクセサリーは、邪視を受けた視線をそれでにらみ返すことで攻撃を防ぐといわれている。オマーンの村落部に行くと、戸口に手形が描かれているのを目にすることがある。これは邪視をもつ者の目をひきつけ、邪視が家のなかに入らないようにするためである。

邪視のほかにもイスラーム社会で一般的な民間信仰としてジン信仰がある。ジンには良いジンと悪いジンがいて、後者はとくにシャイターンと呼ばれて恐れられている。ジンは風呂やトイレ、井戸や墓地、水源や洞窟など暗く湿り気のある場所を好むとされる。わたしの調査村でも日没時に子どもがファラジュで遊ぶことは禁止されていた。作中でも主人公サーレムの母マリアムが井戸で溺死し、父親が水路の崩落によって命を落とす場面がある。また、溺死した女性から生まれたサーレムが「不吉な存在」と見なされたり、彼の水脈を探す能力が「呪われた力」として恐れられたりしていた。村人が溺死や病気をジンの仕業だと考えるのは、今も昔も一般的なことである。砂漠の地オマーンで水は神聖なものとされている一方で、いや、それだからこそ水源にはジンが宿ると信じられてもいる。

人びとは日々、呪術を意識しながら生活をしているわけだが、女性や子どもがとくに「呪われやすい」といわれる。また、こうした呪術に頼るのももっぱら女性である。というのも、女性の妊娠や流産が邪視や呪術の影響だと信じる人がとても多いからである。わたしの調査村では、許嫁の男性が別の女性と結婚してしまったことに怒りを覚えた女性とその家族が、その夫婦を引き離し、かつ妻が妊娠しないよう呪術をかけているという噂がたった。周囲は比較的無頓着な妻に同情を示しながらも、護符をもつなどの防御策をとるよう口やかましく忠告していた。作中でもなかなか妊娠しない主人公の母マリアムに対し、村の女性たちは墓地近くの家の立地が悪いだとか、願掛けをしろとか、香を焚くようにアドバイスしている。

こうした民間信仰は、イスラーム以前からオマーンをはじめアラビア半島に存在していたが、やがてクルアーンの章句を用いた祈禱や、イスラームの宗教指導者による祈禱と結びつくようになった。作中にも魔物から救うためにクルアーンを唱える場面や、長老がコップの水にクルアーンを唱えて子どもに飲ませる場面が描かれている。こうしたイスラームの伝統と土着の民間信仰の融合は、今も昔もムスリム社会の日常の一部である。

東アフリカとのつながり、そして結末

さいごに、物語のなかで何度か登場する「東アフリカ」について触れておきたい。あまり知られていな

いことだが、オマーンはかつて東アフリカ沿岸部一帯を支配下に治めていたため、一九世紀中葉から二〇世紀中葉までは多くのオマーン人が船で東アフリカ、とりわけザンジバルという島に渡った。主人公サーレムの母マリアムの父親は、ザンジバル島への道中、海で遭難して命を落とし、サーレムの父親アブダッラーが「農園もナツメヤシの木一本すら所有していない」のは、その父が東アフリカ沿岸部に渡ったあと、「村人たちが彼の遺産を取り合って」しまったからである。当時は干ばつにあえぐオマーンから逃れ、水と緑あふれる東アフリカにダウ船で渡ったオマーン人は珍しくなかったが、その多くは東部シャルキーヤ地方出身者である。シャルキーヤ地方のスールという港町から東アフリカへ出向いた、というくだりがあることを考えると、本作の舞台であるミスファーも、スールからそう遠くない村であると思われる。

物語の終盤、地下水路に閉じ込められ、生き延びるために必死の闘いを繰り広げた主人公の運命は、オマーンの自然環境と人びとの営みを象徴するだけでなく、近代化と伝統の狭間で揺れる社会の姿も映し出している。水のもつ恩恵と脅威の二面性は、古くから人びとの生活を支えると同時に、命をも奪い得る存在であった。そして、気候変動や水資源の枯渇が世界的な課題となっている今日、この小説が描く「水に囚われる人間の姿」は、過去の物語ではなく、今まさに現代社会が直面する現実の縮図として読み解くことができる。サーレムの物語は、変わりゆく世界のなかで人間が自然とどう向き合い、どのように生き抜くのかを問いかけている。

（神奈川大学・中東地域研究）

訳者あとがき

山本薫

著者のザフラーン・アルカースィミーは、一九七四年にオマーンに生まれた小説家・詩人である。これまでに四冊の小説と一〇冊の詩集を発表しており、最新作となる『水脈を聴く男』で、二〇二三年度のアラブ小説国際賞（International Prize for Arabic Fiction）を受賞した。この賞は近年、アラビア語圏で最も注目される大型の文学賞で、オマーン人の受賞は初となる。ちなみに同じオマーン出身の女性作家ジョーハ・アルハーリスィー（Jokha Alharthi）が二〇一九年にイギリスの国際ブッカー賞を受賞しており、アラビア語圏の中でもこれまで知名度が低かったオマーンの文学界への注目は高まっている。

アラビア半島の一角に位置するオマーンは、独特の風土と歴史文化を誇る。本作のモチーフとなっている地下水路（ファラジュ）による灌漑システムは、紀元前から用いられていたともいわれ、世界遺産に指定されている。峻険な岩山や荒涼とした砂漠の奥底に、豊かな水脈が隠されており、古来、オマーンの人々はその水脈を探り当てて生活用水や農業用水として用いてきた。

本作の主人公サーレムは、井戸で溺死した母親の胎内から取り出されたという数奇な出自を持ち、幼い頃から他の人には聞こえない地中の水音を聴き分けられるという異能の持ち主でもある。その出自と異能のために村人たちから不気味がられ、遠ざけられてきたが、干ばつが長く続いた時に水脈を探し当てたことで、「水追い師」というあだ名で呼ばれるようになった。以降、その名声は遠くの村々にまで伝わり、あちこち旅をしては水路の修復に携わるようになる。

ところがある村で地下水路を掘削している最中、崩落事故で父親が生き埋めになって亡くなってしまう。その村で結婚していた主人公は、妻を連れて故郷に戻り、水追いの仕事を辞めると決意するのだが、数年後、再び水脈の音に惹かれ、最愛の妻の反対を押し切って、遠くの村で水路を再建する旅に出る。本作のアラビア語原題 Taghribat al-Qāfar は、直訳すれば『水追い師の離郷』という意味であり、水に魅了されて遠くまで旅をした主人公が、生命を与えもすれば奪いもする、自然と孤独に対峙する様が描かれる。詩人でもある著者の文体はオーソドックスでありながらも、時に詩的な想像力が溢れ出し、幻想的な美しさを纏う。

本作は機械化される以前の伝統的なオマーンの村落が舞台となっている。オマーンには実際にミスファー村という、伝統的な水路が残る山間部の村がある。著者によれは本作の舞台は、観光地として知られるその有名なミスファー村ではないというが、水と緑に囲まれた美しい村の光景は、作品中のミスファー村のイメージと重なる。著者自身もディマー・ワッ・ターイーンという村の生まれであり、作品中に描かれているような風土や、水と共に生きる人々の暮らしぶりは身近な題材であったようだ。一方で、一九六二年に原油が発見されて以来、オマーンは収入の大半を石油に依存する豊かな産油国となり、農業は移民労働者に大きく依存するようになっている。水利システムも自動化が進み、作品に出てくるような手作業の掘削や日時計といった、失われつつある伝統的な技術については、著者が専門家や文献から学んだ知識が活かされている。もちろん、水脈を聴くことができるという異能は著者の文学的な着想によるもので、実際の水脈探しにそうした方法がとられていたわけではない。

こうして著者が知識と想像力を駆使して描き出した、自然と共生する暮らしや、イスラームの民衆的な信仰、二着の伝承といったオマーンの地方的な生活文化は、アラブ諸国の知られざる一面として、本作の大きな魅力となっている。それと同時に、差別や偏見に悩みながら自分の手で道を切り拓こうとする主人公や、それぞれ喪失の痛みを抱えながらも愛情深く彼を支える登場人物たちの姿には、国や文化の違いを超えて胸を打つものがあるのではなかろうか。

アラビア語で書かれた文学作品が翻訳出版される機会がまだまだ少ない日本において、アラブの文学というとどうしても、同時代の戦乱や政治問題を背景とした作品に注目が集まりがちである。本作のような市井の人々を描いた時代小説を出版する機会を与えてくださった書肆侃侃房の藤枝大さんには、心よりお礼を申し上げる。翻訳は山本薫とマイサラ・アフィーフィーの共同作業によって進められた。作中にはオマーン特有の語彙がふんだんに用いられ、特に会話部分はオマーンの村落部の方言で書かれている。本作の外国語訳はこの日本語訳が初めてであり、用語の解説や地名・人名の発音など、著者のザフラーン・アルカースィミー氏に多大な協力をいただいた。また、作品の世界観やオマーンの生活文化の魅力を読者に伝えるために、オマーンを専門とする人類学者の大川真由子氏に解説をお願いした。

本作の翻訳は決して楽な作業ではなかった。訳者二人にとっても作品の場所や時代背景はなじみがなく、知っている単語がオマーンの脈絡では違う意味で使われていることも少なくなかった。それでも昔の水路の掘削の様子を記録した資料を探すなどして、オマーンの風土や文化を学ぶうちに、次第と作品世界の光景や登場人物たちが目の前に浮かび上がり、動き回るようになっていった。その姿を日本語で表現し直していく作業は、遅々として進まないこともあれば、突破口を見いだして一気に進むこともあった。作中で主人公の水追い師は、忍耐強く、技を尽くして硬い岩盤を掘り進み、水路を切り拓いていく。その過程は次第に訳者の中で、翻訳という仕事そのものと重なって見えるようになっていった。はたして我々は水脈を正しく掘り当てることができただろうか？　あとは物語が自然と流れ出し、読者を遥か遠くまで運んでいくことを願うばかりである。

■著者プロフィール

ザフラーン・アルカースィミー（Zahran Alqasmi）

1974年オマーン生まれの小説家・詩人。これまでに4冊の小説と10冊の詩集を刊行している。4作目となる『水脈を聴く男』（2022年）が、2023年度のアラブ小説国際賞（International Prize for Arabic Fiction）を受賞し、一躍注目を集める。

■訳者プロフィール

山本薫（やまもと・かおる）

慶應義塾大学総合政策学部准教授。東京外国語大学外国語学部アラビア語学科卒業、東京外国語大学博士（文学）。専門はアラブ文学。訳書にエミール・ハビービー『悲楽観屋サイードの失踪にまつわる奇妙な出来事』（作品社、2006年）、アダニーヤ・シブリー『とるに足りない細部』（河出書房新社、2024年）など。

マイサラ・アフィーフィー（Maisara Afifi）

エジプト出身。カイロ大学卒業後、1996年に来日。通訳者として働きながら、平野啓一郎『日蝕』、村上春樹『騎士団長殺し』ほか、森鴎外、太宰治、三島由紀夫らの日本語小説をこれまでに約20冊、アラビア語に翻訳している。

水脈を聴く男

2025年5月13日　第1刷発行
2025年6月2日　第2刷発行

著者　ザフラーン・アルカースィミー
訳者　山本薫、マイサラ・アフィーフィー
発行者　池田雪
発行所　株式会社 書肆侃侃房（しょしかんかんぼう）
〒810-0041 福岡市中央区大名2-8-18-501
TEL 092-735-2802FAX 092-735-2792
http://www.kankanbou.com
info@kankanbou.com

編集　藤枝大
DTP　黒木留実
印刷・製本　モリモト印刷株式会社

ISBN978-4-86385-674-5 C0097